文春文庫

ひとり旅

吉村 昭

序

津村節子

この集が、とうとう吉村昭の最後の著作物になってしまった。

彼が死去したのは平成十八年の夏の盛りであったが、その前年はまるで物に憑かれたように新聞連載『彰義隊』のゲラ直しをしながら各誌各新聞にエッセイの連載を書き続け、短篇小説の取材のために仙台へ行ったり東京地裁に行ったりしていた。この年エッセイ集二冊、長篇二冊を上梓している。

彼の死後も未発表の短篇を含めた遺作集『死顔』とエッセイ集『回り灯籠』が出版されたが、更に文藝春秋から未発表の一篇を収めた『ひとり旅』が編まれるほどの作品があったことに驚かされる。

この中のエッセイ「一人旅」を『ひとり旅』として表題にしたのは、彼が研究家の書いた著書も、公的な文書もそのまま参考にせず、一人で現地に赴き、独自な方法で徹底的な調査をし、資料はむこうからくる、と自負するほど思いがけない発見をしているその執念と、余計なフィクションを加えずあくまで事実こそ小説であるという創作姿勢が作品に漲(みなぎ)っているからである。

彼の遺作のゲラや死後出版される著作物は私が読むことになり、この集などもそれぞれ当時のことが思い起される辛い仕事になった。物を書く女は最悪の妻と思っていたが、せめてこれが彼にしてやれる最後の私の仕事になった。

この集で語っている一番古い戦史小説『戦艦武蔵』執筆時、無名の新人が一流文芸雑誌に四百二十枚を一挙掲載されることになったその死物狂いの様子を今も胸苦しく思い出す。

それまで瑞瑞しく繊細な感覚で詩情豊かな佳品を書く新人と評されていた彼とは作風の異なるこの長篇は、驚きをもった批判を受ける一方で、平野謙氏に今月のベスト3の一作に選ばれ、本多秋五氏の評では記録文学作家としての能力をじゅうぶんに示した、とあった。新しい分野に足を踏み入れるきっかけになり、好きな短篇を書きながら戦史小説、歴史小説を書き始めた。

夜中にうなされているのを起すと、追手に追い詰められている夢を見ており、『桜田門外ノ変』を書き始めた時は、その一年七ヵ月前に巨大な彗星が現われたのを凶事の前兆としたいと喜んでいたのに、この大事件が起る経緯を書き込むには時代的に近過ぎると破棄し、続いて二百五十二枚も書き進めていた原稿を庭で焼却しているのを見た時は啞然とした。尊王攘夷に対する解釈がありきたりで、水戸藩領の海岸線が長いため外敵に対する危機感から生れた思想だと言うのであった。それでも連載は間に合ったのである。

創作についてはそれほどストイックな彼も、「茶色い犬」のムクの取材の時ひどく心を痛め、「銀行にて」で十万円おろすのに万を押さなかったので十円玉がころんと出てきたと笑う機械には弱い男であった。

たった一日で終った彰義隊をどう書くのか心配で、お互いの作品を読まないことにしている私も毎日読んでいたが、彼は皇族でありながら賊軍の立場に立たされた輪王寺宮の凄絶な生涯を書きたかったのだ。宮の曾孫北白川道久氏が伊勢神宮の大宮司で、『彰義隊』が完結したら二人で御挨拶に伺う予定だったのに、かなわぬ夢となった。

ひとり旅／目次

「井の頭だより」から

歴史の大海原を行く

日々の暮しの中で

ひとり旅

「月日あれこれ」から

谷中墓地　空襲の一夜

私が生まれたのは、東京の山手線沿線にある日暮里町である。終戦の年の四月十三日の夜間空襲で、焼野ヶ原となった。戦後、広い道路が町なかを貫き、町は変貌して人々は散り、小学校時代の友人が二人住んでいるだけである。それでもふる里であることに変わりはなく、高齢になると、なつかしさもあって戦前の町の気配を探るため時折り町に足をむける。

先日も、ふと思い立って町の駅に降り立った。思いのままに町を歩き、記憶をたよりに露地から露地をたどって駅に引き返し、跨線橋にあがった。

その跨線橋は戦前のままで、そこを渡ると上野の山までひろがる広大な谷中墓地がある。

跨線橋を渡っていると、自然に空襲の夜、谷中墓地に避難した折のことがよみがえる。墓地に入ってみると、すでに避難してきた人たちが多くみられ、町の燃えさかる轟音が、空気を震動させていた。

町が燃えているので夜空一面がきらびやかな朱の色に染まり、墓地は昼間より明るく、参道も墓も人々もすべて赤い。一方から光が放たれていれば影が生じるが、夜空一面から朱の光が降りそそいでいるので、影というものがない。私にとって初めての経験であった。

人声はしていたのだろうが、私には町の燃えさかる音がしているだけで、墓地が深い静寂につつまれていたような気がした。

火に包まれて辛うじて逃げてきたのか、衣服が焼けこげ、髪の焼けちぢれた人が墓地に入ってくるようになった。

私は、一人で逃げてきた気安さから、町が燃える情景を眼にしようと思い、墓地をぬけると、跨線橋に出て渡りはじめた。

中途まで行った時、前方から這って近づいてくる朱の色に染まった人の姿を見た。近づくと半ばほど白髪の六十年輩の女性で、寝巻を着、素足であった。

足腰が立たぬ身で避難してきたのだと思った私は、近寄り、体に手をかけた。

老女は色白の品の良い人で、つつましい言葉で礼を述べ、

「残されまして、残されまして」

と、繰り返し言った。

その言葉に、老女は寝たきりで、足手まといになった彼女を家族が残し、避難したのだ、と思った。

私は、彼女をずり上げて腋に手を入れて抱え、跨線橋を引き返しはじめた。痩せた体であったのに、その時の重さは今でも記憶に残っている。

鳶口を手にした中年の男が三人近づいてきた。その姿から避難民ではなく、墓地に近い町の人のようであった。

老女を抱えた私に、事情をすぐに察したらしく男の一人が老女を私から受け取り、背負って墓地の方に歩いてゆく。

私は、半ば責任があるようにも思え、その後からついて行った。

墓地に通じる石段を登り、墓地に入ると、老女が、

「いました、いました」

と声をあげ、娘のように手をふった。

大きな樹木の下に、口髭を生やした男とその妻らしい女性、そして十七、八歳の娘と少年が体をかたくして立っているのが見えた。その少年は、同じ小学校を出た三歳下の、当時流行っていた家庭用活動写真機のフィルムを貸し借りして親しくしていた少年だった。

私は、見てはいけないものを見たような思いがして、背をむけると急いで墓地の中に

入っていった。

その少年とは、それきり会うことはなかった。少年の姉は美しい人で、戦時中、そのようなものがあったのか不思議に思うが、樹の下に立っていた彼女は、青と赤の縞模様の厚いセーターを身につけていた。

その夜のことを思いえがきながら、私は跨線橋を渡り、墓地に足を踏み入れた。中年の女性が二人、参道に立っていて、私に眼をむけると、

「長谷川一夫さんのお墓はどこでしょうか」

と、声をかけてきた。

私は知らず、参道を行くと左手に警察官派出所があるから、そこできくとよい、と答え、上野公園に通じる道に入っていった。

「事件」が「歴史」になる時

大老であった彦根藩主井伊直弼が尊王攘夷派の浪士に暗殺された、いわゆる桜田門外の変が起こったのは、万延元年（一八六〇）三月三日とされている。しかし、正しくは安政七年で、この大事件が起きたため、当時の習いにしたがって、事件後半月たった三月十八日に万延と改元されたのである。

この事件を『桜田門外ノ変』と題して小説に書き、単行本として発表された後、警視総監の仁平圀雄氏から事件の概要について説明して欲しい、という丁重な依頼があった。桜田門外とは警視庁のすぐ前であり、総監としては一応頭に入れておきたいと考えたのだろう。

私は承諾し、警視庁におもむいて、最上階の総監室に行った。眼下に桜田門があり、事件を説明するのにこの上ない場所であった。

当時の江戸切絵図のコピーを手にして、説明した。当時と現在の道の状態はほとんど変わりはなく、警視庁から国会議事堂方向への道は今と同じように二手にわかれ、その分岐点に彦根藩の上屋敷があった。井伊の乗り物は藩士に警護されて皇居のお濠(ほり)にそって桜田門にむかい、そこに水戸脱藩士十七名と薩摩藩士一名が待ち伏せしていて行列を襲い、井伊を斬殺した。

総監は、興味深げに切絵図のコピーと車の往き交う舗装路を見下ろし、

「まさに警視庁の面前でおこった事件だったのですね」

と、しきりにうなずいていた。

私は、小説に書いて以来、その場をタクシーで通りすぎる時、雪の霏々(ひひ)と舞う中での壮絶な乱闘の、血に染まった雪、激しい撃剣の音を思い描くのが常である。

その事件の現場指揮者は水戸脱藩士の関鉄之介で、お孫さんの夫人関静子さんが、私の家からタクシーで二十分ほどの所に住んでおられた。私は何度か静子さんのもとをおとずれ、未公開の文書などを閲覧させていただき、小説を書く上で大いに利するところがあった。

静子さんの夫、つまり鉄之介の孫である勇氏が昭和五十八年夏に死去したことを知り不思議な感慨をおぼえた。桜田門外の変というと、遠い過去のことに感じられるが、井伊を襲った暗殺者の指揮をとった人物のお孫さんが、最近まで生きていたことに、その事変がつい先頃のことに思えるのである。

その小説が単行本として書店に出た頃、水戸市の大きな書店で私のサイン会がもよおされた。桜田門外の変は水戸藩と密接な関係があるだけに、多くの方が並んで下さった。私は署名をつづけたが、そのうちに前に立って私の単行本を差し出した方が、

「稲田重蔵宛として下さい」

と、言った。

私は、ぎくりとして顔をあげ、その方を見つめた。毛糸で編んだ帽子状のものをかぶった、六十代と思われる女性であった。

稲田重蔵とは、桜田門外で警護の彦根藩士と激闘の末、ただ一人斬り殺された水戸脱藩士であった。その乱闘で彦根藩側は四名が斬殺され、深手を負って後に死んだ者が四名。彦根藩邸では主君が首を打ち落とされ、さらに藩士多数が殺されたことで悲憤の空気が藩邸をおおった。襲った側のただ一人殺された重蔵の遺体は、彦根藩邸に運ばれ、藩士たちは怒りにふるえながらその遺体を一太刀ずつ斬りきざんだという。

私が婦人を見つめていると、婦人は、

「重蔵のひ孫です」

と、答えた。

私は、「稲田重蔵殿霊位」と記し、署名してお返しした。婦人は一礼し、去っていった。その顔、衣服、靴、帽子すべて忘れられない。

その婦人を眼にしたことで、あらためて桜田門外の変が、つい先頃起こった事変だという思いを深めた。

私が十八歳の夏までつづいたあの戦争も、敗戦として終了してからすでに五十九年がたつ。火山の大噴火のように生まれ育った町が夜間空襲で、壮大な火炎に包まれた情景。それは今でも眼に焼きついている。

昨夜、テレビで終戦の年の三月十日の東京大空襲の映像が映し出されていた。驚いたことに米軍の戦闘機が飛び交っていたが、言うまでもなく爆撃機B29の大編隊が来襲し投弾したのである。

この映像を観て、戦争が遠い過去のものとなり、すでに歴史の襞の間に埋没しているのを感じた。

戦艦陸奥　爆沈の真相

大東亜戦争と称されたあの戦争が終わってから二十年後、私は『戦艦武蔵』という戦史小説を書いた。それまで虚構小説を書きつづけてきた私が、そのような記録にもとづく小説を発表したことが意外であったらしく、驚き、そして批判する声も多かった。

しかし、小説を書く自分にとって、戦争は決して避けて通れぬもので、私はその後も戦史小説を書きつづけ、六年半後に書くことをやめた。それは証言者が年を追うごとに死亡し、証言を得ることができなくなったからであった。

今、振り返ってみると、その六年半という歳月は、まことに貴重なものであったと思う。戦後、五十九年たった現在、証言をして下さった方々はほとんど死に絶え、あの時期であったからこそ戦争の実態を知り得たのである。

その一つに『陸奥爆沈』（新潮文庫）がある。それは小説と言うよりは、爆沈事故の原因を探るドキュメントである。

「陸奥」（基準排水量三九、〇五〇トン）は、「大和」「武蔵」が出現する前、「長門」とともに日本海軍を代表する戦艦で、昭和十八年（一九四三）六月八日正午頃、山口県柱島の近くで爆発、沈没した。乗組員一四七四名中死者一一二一名という大惨事であった。

この爆沈は戦後も謎とされ、私は真の原因を探るため未公開の記録をあさり、関連のある人々に会って証言をメモした。私はまだ四十二歳と若く、疲れも知らず精力的に歩きまわった。

海軍としては、同様の事故が起こらぬようにという差し迫った気持ちから、総力をあげて原因究明をするため、M（陸奥の秘匿名）査問委員会をもうけ、ただちに行動に移った。海軍の各部門の選びぬかれた専門家が委員として参加した。

鋭意調査がつづけられ、やがて一乗組員による放火という線が有力になり、Q二等兵曹の存在が浮かび上がった。Qの身辺が徹底的に洗われ、それは動かしがたいものとなり、やがてほぼ断定せざるを得なくなった。

事故直後の潜水調査の結果、第三番砲塔のみが船体から遠く離脱されているのが確認され、砲塔の下方にある火薬庫の爆発で「陸奥」が爆沈したことがあきらかになった。Q二等兵曹は、第三番砲塔員であった。

火薬庫の扉は常時閉ざされ、さらに入り口に立哨（りっしょう）兵もいて近づくことすら不可能であったが、砲塔からラッタル（梯子（はしご））を伝わって火薬庫に通じる一つのルートがあった。

盗癖のあるQは、盗みが発覚することを恐れて、熟知したそのルートから火薬庫に忍び込み、放火したと推定された。

私も、その委員会の結論を書き、筆をおいた。

この作品は、昭和四十五年五月に単行本として出版されたが、翌年の深夜一時頃、二社の新聞社から相ついで拙宅に電話がかかってきた。「陸奥」の引き揚げが進められていたことは承知していたが、海面から姿を現わした第三番砲塔の内部にあるものについて記者は説明した。遺骨が散乱していたが、まとめてみると一体で、しかも同姓の印鑑二個があり、

「Qとは××ではないのですか」

と、言った。

私は、ぎくりとした。Qの本姓をここに記すことはできないが、仮に吉川とすると、記者は、ヨシカワではないのですか、と言ったのだ。

「ちがいます、別の姓です」

私は、即座に答えた。むろんQの遺族に対する配慮からだが、本姓はキッカワであり、私は嘘を口にしたのではない。

その後、私は主砲その他が引き揚げられた江田島におもむき、発見された遺品を見た。その中にQの姓のみと姓と名がきざまれた印鑑二個が置かれていた。Qは放火後、砲塔

までもどった時に爆発が起こり、砲塔とともに吹き飛んだのである。

その後、「陸奥」引き揚げに尽力した関係者が拙宅に訪れてきて、収容した「陸奥」の立派な舷窓と引き替えに寄附をして欲しい、と言った。引き揚げにかなりの費用がかかっているという。

私は舷窓は受け取ることはせず、寄附金のみを渡した。その方は、「陸奥」の船体の鋲をテーブルに残して去った。直径一・五センチほどの錆びついたもので、それは桐の箱におさめられて書斎に置いてある。

撃沈　雪の海漂う兵たち

少年の頃から三十五、六歳まで、映画を好んで観ていたが、ある時期から観ることはしなくなった。前衛映画とでも言うのか、筋もわからぬ映画が幅をきかせ、それに辟易（へきえき）して映画館に足をむけなくなったのである。

全く久しぶりに数年前、妻にすすめられて「タイタニック」という映画を観に行った。評判がよいというだけに良くできていて、画面に見入った。

「タイタニック」が沈没し、海面に救命具をつけたおびただしい船客が漂っている。氷点下の海であるので、それらは、ほとんど死体であった。

その情景が、過去の記憶と重なり合った。

三十四年前、北海道の襟裳岬の近くの漁村におもむいた。当時、私は戦史小説を書いていて、ある医療機関の要職にある方から、その漁村の沖合で、終戦の年の早春、将兵多数を乗せた輸送船がアメリカ潜水艦の雷撃を受けて沈没したという話をきいた。

その折に沈没後、海に投げ出された兵たちが、おろされた上陸用舟艇にわれ先にしがみつき、舟艇に乗っていた将校たちが、舟艇が沈むおそれがあったのでそれらの腕を断った。その話をしたのは船に乗っていた将校の一人だという。

私は、事実かどうかたしかめるため、札幌に一泊後、その漁村にむかい、村役場に行った。

終戦直前、輸送船が撃沈されたことは吏員も知っていて、海に投げ出された兵たちの救出につとめた漁師の名を教えてくれた。

漁師の家は海沿いにあって、その日、海は荒れていたので漁師は家にいた。囲炉裡のかたわらに座っている老いた漁師に挨拶し、名刺を差し出した。漁師は受け取ると、裏を返した。私の名刺には肩書がなく、裏に書いてあるのだと思ったらしい。私は、新聞に連載小説を一度書いたことがあるだけの、無名に近い小説家であった。

私は、輸送船の沈没のことを口にし、将校が兵の腕を斬ったのは事実なのですか、とたずねた。

漁師は、私に険しい眼をむけると、

「その話なら、しない。憲兵に口どめされているから……」

と、言った。

終戦後すでに二十五年もたっているのに、漁師は依然として戦時に身を置いている。

戦争は終わっています、死んだ兵隊さんのことを思ってお話し下さい、御迷惑をおかけすることはありません、と私は説いた。

漁師は、黙りつづけていたが、しばらくして炉の火を見つめながら口を開いた。急に漁師の顔に憤りの色がうかび、言葉の流れ出るのをおさえかねるように話しはじめた。

村人が初めて輸送船の沈没を知ったのは、海岸に漂い流れてきたおびただしい水死体だった。防寒帽に防寒服、それに救命胴着をつけた下士官、兵の遺体で、

「なぜか知らぬが、腕のないものが多く……」

と、漁師は言った。

茶褐色の遺体が海面をおおっていたという漁師の言葉に、私はその情景が眼の前にうかぶのを感じた。

降雪中を、漁師たちは船を出して海面に漂う生きた兵たちを救出し、遺体の収容につとめた。

なぜ、腕のない遺体が多かったのか。それは救出された兵の口から知ったという。それは軍の秘密事項とされ、憲兵が来て、口外することをかたく禁じた。

私は漁師の家を辞して、道を引き返した。あたりが暗くなっていて、右手の海岸に波の寄せるほの白い色が、今でも眼に焼きついている。

そのことを医療機関の要職にある方に話したという元将校に、私は会った。上質の背

広を着た温和な眼をした初老の人であった。

その方の話によると、千島列島の占守島守備の守備隊員が、米軍の上陸作戦が開始された沖縄救援のため三隻の輸送船に分乗して南下途中、襟裳岬沖で一隻が撃沈されたという。

上陸用舟艇がおろされて将校が優先して乗ったが、舟べりに多くの兵がしがみつき、沈没が必至になり、それで将校が抜刀した。

「あなたも切りましたか」

かれは、一瞬黙り、

「私は暗号書を抱いて舟艇の真中に座っていました。靴で蹴っただけです」

と、少し頬をゆるめながら言った。

私は、無言でうなずいていた。

高さ50メートル　三陸大津波

三十九年前の昭和四十年秋、初めて岩手県の三陸海岸にある田野畑村に旅をした。同村出身の渡辺耕平という友人から、しきりに小説の舞台にふさわしい地だと何度かきかされ、私もその気になって夜行列車で東京をはなれ、途中一泊後、村にたどりついた。

たしかに海に面した村の情景は魅力にあふれ、断崖は日本屈指の規模と言われているだけに、凄絶な壮大さで、海の色とともに強烈な印象を受けた。その景観が胸に焼きついて『星への旅』という小説を書き、それが翌年、太宰治賞を受賞して小説家としての出発点になった。

それがきっかけで村に行くことをつづけていたが、当時の交通機関はバスのみで、海岸を行くバスの窓から異様な物をしばしば眼にした。それは通りすぎる村々の、海にむかって立つ長さと厚さを持つ鉄筋コンクリートの豪壮な防潮堤であった。

リアス式海岸の三陸海岸が、日本で最も多く津波が来襲する地だという知識は持っていたが、それらの堤防を眼にして津波の規模が想像を越えた大きさであるのを感じた。

村に逗留している間、津波のことを耳にするようにもなった。津波からのがれるため高台に駈け登っている時、ふと振り返ると、二階家の屋根の上に白い波しぶきをあげた津波が見えたという話。

常宿にしている本家旅館の女主人からは、津波の来襲前、海水が急激に沖にひいて海底が広々と露出したこともきいた。おそらく海草がひろがっていると彼女は思ったが、海底は茶色い岩だらけであったという回想に、生々しさを感じた。

私の胸に動くものがあり、この津波災害史を書いた人はだれもいないことから、徹底的に調査して書いてみようと思い立った。

まず基礎資料を可能なかぎり収集し、ついで実地踏査にふみ切った。太平洋岸の宮城県女川を起点にして、海岸沿いに気仙沼、山田、宮古、田野畑、久慈、八戸へと一か月近くを費やして旅をした。バスからバスに乗りつぎ、トラックやライトバンに乗せてもらったりしたが、私はまだ若く、疲れはおぼえなかった。

この踏査行によって、私は『海の壁』と題する作品を新書の一書として書き上げ、それは現在、『三陸海岸大津波』と改題して文春文庫におさめられている。

三年前（二〇〇一年）、田野畑村の羅賀という地に建つホテルで、この調査の旅についてて講演をした。明治二十九年と昭和八年に襲来した津波が最大のもので、三陸海岸ぞいの人々が多く集まってきてくれたが、昭和八年の津波の体験者すら稀で、熱心に聴いて下さった。

調査で訪れた旅の順序にしたがって、各町村の被害の模様を説明したが、明治二十九年の津波では下閉伊郡田老村（現在は町）の字である田老、乙部の被害が最大であった。両字の全戸数は三三六戸であったが、高さ十四・六メートルの津波で一戸残らず流失し、全人口一、八九五名中生き残ったのはわずかに三六名のみであった。さらに昭和八年の津波でも、人家四二八戸が流失、死者・不明者は九一一名に達している。

この二回にわたる津波で、三陸海岸では明治二十九年に死者二六、三六〇名、昭和八年に二、九九五名が命を奪われている。

この踏査の旅で、明治二十九年の津波の体験者二名に会って回想をきくことができた。その一人は講演会場のホテルのある羅賀に住んでいた八十五歳の中村丹蔵氏であった。私は、村長の案内で山道をのぼって氏の家におもむいた。眼下に海がひろがっている。私は、ノートに氏の証言をメモしつづけたが、津波が来襲した時、轟音とともに海水が入口の戸を破って畳の上に流れ込んで来たという。

その言葉に村長は驚きの声をあげ、小庭に出ると海を見下ろし、

「驚きましたなあ。海面から五十メートルはある」

と、呆気にとられて言った。

私は、講演会場にいる村長に眼をむけながらその折の話をし、この十階建てのホテルの高さは三十五メートルであることを述べ、

「海岸からせり上がった津波の高さが、このホテル以上だったのです」

と、言った。

聴衆の方たちは一様に顔をこわばらせ、会場の窓から見える海におびえた眼をむけていた。

むろん中村氏は、すでに亡くなられている。

「新選組」論に描かれないこと

最近、宮地正人氏の『歴史のなかの新選組』（岩波書店）につづいて野口武彦氏の『新選組の遠景』（集英社）という著書が出版されている。いずれも一般に流布されている新選組論に対して、たしかな史実によって検証するという姿勢で一貫している。必然的にそれは、時代小説に書かれた新選組について「どこまでが史実で、どこからが虚構なのか」ということが追及されている。

新選組は、厳密に言えば歴史の脇役的存在で、私はこれまで書くことはなくすごしてきたが、現在、文芸誌「群像」に松本良順を主人公とした小説を書いていて、その史料の中に新選組のことが出てくる。

良順は、幕末に長崎でオランダの医官ポンペに西洋医学をまなび、江戸にもどって幕府の医学所頭取になった人物である。某日、新選組組長近藤勇が、突然、良順の家に来て面会を求める。家人は剣をもって威嚇（いかく）するという世の風評を信じて恐怖におののくが、良順は身を挺して国のためにつくす集団と考えていて面会する。尊王攘夷の志士たちと対決する近藤は、西欧諸国の事情について教えを請いたいと言い、良順は自分の知るかぎりのことを話し、意気投合する。

将軍家茂が京におもむき、良順は幕府医官として随行し、会津藩医の家に身を寄せる。近藤がその家を訪れてきて、良順との交わりがさらに深まる。

良順は、近藤の招きに応じて新選組屯所のある西本願寺におもむく。隊士の部屋を見せて欲しいと申し出て、副長の土方歳三の案内で広間に行く。そこには百七、八十名の隊士がいて刀を研いだり鎖衣をつくろったりする者がいる反面、多くの者が身を横たえ、「あるいは裸体にして陰部を露わす者」もあってみぐるしい。

部屋にもどった良順は、近藤や土方に目礼さえしない隊士がいることを指摘し、統率がとれていないとなじる。

近藤は、横になっている者たちは病者で、あえて規制はしていないと弁明する。

良順は、診療を受けさせるべきだと説き、さらに病室を用意し、入浴させねばならぬと言い、土方がたちどころに病室と浴室をつくる。

翌日から良順の親しい会津藩医が毎日診療にあたり、良順も週に二日屯所に足をむけた。

ある日、かれは屯所の諸施設を見てまわり、広い台所に入ってその不潔さに驚いた。

残飯や腐りかけた魚肉や古びた野菜が数個の大きな樽に充満している。

良順は、近藤に提言し、まず残飯を豚の餌にし、豚が肥えたらばその肉を隊士たちに食べさせる。さらに腐りかけた魚や野菜などを洗って乾燥させ、鶏の餌とする。鶏は卵をうみ、これも食料とする。

近藤は感心し、すぐに数頭の豚を飼い、鶏小舎もつくらせた。隊士たちは豚の肉を食べ、卵も口にして健康な体になった。

この挿話は、良順の『蘭疇自伝』に記されているが、新選組隊士たちの生々しい生活がうかがえ、良順の指示をうけ入れてただちに実行に移した近藤と土方の人間性が、鮮やかに浮かび出ている。

歴史はとかく勝者の手によって形づくられ、明治維新以後、勝者である政府軍は善、敗者である幕府は悪とされている。幕末に幕府打倒につくした者たちは勤皇の志士として美化され、月形半平太、鞍馬天狗といった架空の人物まで創造されている。これらの志士を殺害した新選組は、悪の権化とされ、憎むべき組織として扱われていた。

そのような組織に、幕府の医官であった良順は好意をいだいて接触していた。江戸にもどった良順は、狙撃され負傷した近藤の治療にもあたっている。その後、近藤は官軍に捕らわれ、処刑されている。

幕府が倒壊し、幕府の恩顧を忘れぬ良順は江戸から脱出して奥羽にのがれ、会津、庄内をへて、仙台におもむく。

時に幕府の海軍副総裁榎本武揚は、政府軍に徹底抗戦を唱え、幕府艦隊をひきいて江戸から松島湾に寄港し、蝦夷（北海道）に新政府を樹立しようとしていた。

榎本は、良順に蝦夷へ共に行こうと強くすすめるが、榎本艦隊に加わっていた土方歳三が、医の道につくすべきだと熱心に説き、良順はそれにしたがって江戸にもどる。

土方は箱館で戦死し、良順は後に初代の陸軍軍医総監となり、日本の医学に貢献する。

良順は、終生新選組に好意をいだき、顕彰することに力をつくした。

宮地氏と野口氏は当然良順と新選組のことについて知っているはずだが、この記述がないので、あえて書いておく次第である。

遠い日……戦争犯罪人の記憶

二十七年前の初夏、日本海沿いの地方都市の郊外にある家の座敷で、白絣（しろがすり）の着物を着た五十代後半のL氏と向き合って座っていた。甲高い声でよく笑う方であったが、夫人が茶菓などを運んでくると口をつぐむ。

「家内には話したことがありませんので……」

氏は、大学ノートに万年筆を走らせる私に、頰をゆるめて言った。

数日前、私は、未知の氏に電話をかけ、用件を口にした。昭和二十年八月十五日の終戦の日、福岡市に来襲し被弾したアメリカ爆撃機からパラシュート降下した飛行士十七名が、斬首処刑された。処刑したのは西部軍司令部にぞくした若い将校たちで、その一人が氏であることを知り、話をききたいと思ったのだ。

氏は絶句し、私は電話をかけたことを甚だしく後悔して、

「失礼しました。この電話はなかったことにして下さい。切ります」

と言って、受話器を置こうとした。

「いや、お話ししましょう。遠い日のことですから……。おいで下さい」

氏は言い、それで私は氏の家を訪れたのだ。

話し終えた氏は、私が氏と同じ行為をしたQ氏の名を口にすると、かれからも話をさせましょう、と言って隣室に入り電話をかけた。

「いいだろう、君もお話ししろよ」

と、氏の甲高い声がきこえた。

初夏だというのに、鶯の鳴き声がしきりであった。

帰京した私は、Q氏の勤め先に電話をかけ、喫茶店でお会いし、話をきいた。終戦後、氏は、L氏同様、戦争犯罪人として追われる身になった。福岡から四国の生家に行き、そこから転々とのがれ、大学時代の後輩の家にかくまわれる。

氏は、沖縄出身の復員者の証明書を入手していて、偽名で姫路市白浜のマッチ工場に住み込んで働く。

私は、小説の主人公を氏に設定し、L氏からきいた体験談もふくめて小説を書き進めることにした。姫路市には白鷺城という名城があり、空襲でも焼け残っていたことを知っていたからであった。

私は、Q氏やL氏たちが飛行士たちを処刑した福岡市郊外の小高い山にも行ってみた。

それは樹木にかこまれた雑草の生いしげる空き地で、私は油蟬(あぶらぜみ)の鳴きしきる中でしばらくの間身じろぎもせず立っていた。

刀をふりおろした時、飛行士の両膝(りょうひざ)がなぜかはね上がったという。Q氏は、首が容易に断たれるものであるのを意外に思ったとも言った。

マッチ工場での絶えず捕らわれるのではないかというおびえにみちた生活で、氏の眼を慰めてくれたのは白鷺城であった。また、作業場の付近には蛍(ほたる)が多く、風向きの加減で家の周囲が光の粒でつつまれ、それが気持ちを安らがせてくれたという。

事業主はきわめて親切で、そのためQ氏はかくしておくことができず、飛行士を斬首したことを打ち明ける。広島、長崎に原爆が投下され、地方都市にも爆撃を繰り返した飛行士たちを国際法違反者として処刑したのだが、追われて捕らえられれば絞首刑に処せられる恐怖で気持ちは萎(な)えていた。

氏がマッチ発送のため駅に行った時、戦犯捜索の刑事たちが工場にやってきて、事業主は駅に電話をし、氏に逃げろ、と言う。しかし、氏は観念し、捕らえられる。

巣鴨プリズンに収容され、氏は絞首刑を覚悟するが、国際情勢の変化で無期刑に減刑され、やがて釈放される。

プリズンの門から出た氏は潜伏していたマッチ工場に足をむけるが、事業主に会うことなく引き返すところで、この小説を終えることにした。

私は、氏が働いていた白浜町のマッチ工場におもむいた。

事業主はすでに亡く、御子息が社長になっていた。沖縄生まれの偽名で働いていたQ氏のことを持ち出してみたが、社長をはじめ、従業員たちも知っている者はいなかった。

Q氏が働いていた頃は、その地区にマッチ工場が多くあったが、数少なくなっている。喫煙用には百円ライター、家庭のガス台には点火装置がつき、マッチの需要が激減し、わずかに広告マッチが製造されているにすぎないという。

タクシーを呼んでもらい、白鷺城を眼にしながら、遠い日のことなのだ、と胸の中でつぶやいた。

私は、その小説を『遠い日の戦争』（新潮文庫）と題した。

奇襲の大艦隊　見た人々

昭和四十二年（一九六七）の十二月から五か月間、「週刊新潮」に『大本営が震えた日』と題する開戦秘録を連載した。その題名は、新潮社の高名な編集者であった斎藤十一氏がつけたもので、私は戸惑ったが、文壇に出て間もない身であったのでそれを受け入れた。

開戦と同時におこなわれたハワイ奇襲の機動部隊は、ひそかに千島列島択捉島の単冠湾に集結し、ハワイにむかっている。海軍では、それ以前に海防艦「国後」（八五〇トン）を単冠湾に派遣し、択捉全島から外部への連絡を断つため郵便局からの無線を封止し、船の出港を禁止するなど、機密保持のため万全の処置をとった。

この点については、「国後」の砲術長兼分隊長であった相良辰雄氏（当時中尉）にお会いしてお話をうかがった。相良氏をはじめ艦長も、むろん乗組員たちも、艦隊がハワイにむかうことなど知らず、大規模な演習がおこなわれるとしか教えられていなかった。

単冠湾出撃を、そのようにして書き、「週刊新潮」に発表して間もなく、菊地順子さんという方からお手紙をいただき、その文面に引きつけられた。

順子さんは、単冠湾ぞいの天寧という村落の尋常小学校出身で、連合艦隊が湾に入港してきた時、小学生としてそのおびただしい艦船を見たという。

ハワイ奇襲で集結した艦隊を眼にした人はきわめて稀で、私はぜひとも順子さんに会ってお話をうかがいたい、と思った。

早速、電話をかけ、夜に東京都内に住む彼女のもとを訪れた。中央線の中野駅近くであったと記憶するが、順子さんは二階にある部屋を借りて住んでいた。会社勤めをしている独身の三十代半ばの方であった。

女性ひとりの部屋に上がりこんで話をきくのは、甚だ礼を失していて落ち着かなかったが、私は、順子さんの回想をメモすることにつとめ、部屋を辞した。

その折に、順子さんの叔父である菊地義夫氏が、当時、天寧の小学校の校長をしていたことをきき、菊地氏の電話番号と住所を教えていただいた。順子さん同様、歴史的情景を眼にした菊地氏にも会いたかった。

氏は札幌市琴似町に住んでいて、電話をかけ、東京を発って札幌におもむいた私は、氏の家を訪れた。雪が降っていた。

氏は、定年退職していて、夫人も小学校で生徒に音楽、作法、裁縫を教えていたという。生徒は二十名ほどであった。

その折のメモが、書斎に残されている。メモは片仮名で書くのを常としていた。

——機動部隊ガ入港スル二、三日前、小型ノ軍艦（国後）ガ入港シテキタ。上陸シタ士官ガ郵便局ヘ行キ、局長ニコレカラ大演習ガハジマルノデ、無線ヲ封止スルヨウニ告ゲタトイウ。

ソノ日（機動部隊の単冠湾集結日）午前中ノ授業ヲ行ッテイルト、沖合ノ方カラ、ワーンワーント言ウ不思議ナ音ガ聞エテキマシタ。ソレガ次第ニ大キクナリ、生徒タチガ落着カナクナリマシタ。今マデ耳ニシタコトモナイ異様ナ音ナノデ、授業ヲ中断シ、生徒タチト廊下ニ出テ窓カラ沖ヲ見ツメマシタ。

薄イ靄ガカカッテイマシタガ、ソノ中カラ大キナ船ガ見エ、湾口ニ向ッテ進ンデキマシタ。トコロガソノ一隻ダケデハナク、ソノ後方カラ次々ニ船ガ現ワレテキマシタ。驚イタコトニ、ソレラハ軍艦デ、午後ニナルト、アキラカニ戦艦ト思ワレル巨大ナ軍艦ヤ航空母艦モ入ッテキテ、夕方ニハ三十隻ホドノ軍艦デ湾ガ充満シマシタ。

公式記録によると、十一月二十六日午前六時、機動部隊は単冠湾を出てハワイにむか

っているが、菊地氏も、

——ソノ日ノ朝、眼ヲサマシテ外ニ出テ見マスト、大艦隊ハ跡形モナク消エテイマシタ、

と、証言している。艦隊が出港後、海岸に「加賀」（空母）と書かれた柔道畳が一枚漂着していたという。

十二月八日、菊地氏たちはラジオから流れ出る軍艦マーチと臨時ニュースで、単冠湾に集結し出港していった艦隊が、ハワイ奇襲をおこなったことを初めて知った。順子さんや菊地氏は、民間人として、太平洋戦争の口火を切る歴史的情景を目撃したのである。

「脱獄の天才」の護送記録

二十数年前、青森市の「東奥日報」の招きで、講演のため出向いて行った。講演会が終わった後、いかにも老練といった感じの記者から珍しい体験の持ち主がいるが、会ってみる気はないか、と言われた。私は、ただちに応じ、その記者に連れられて木造の建物の事務所に行った。雪道を歩いていったから、冬であった。

引き合わされたF氏は、昭和十年に県警の刑事課長の任にあった方で、珍しい体験とは準強盗致死罪で無期刑の判決を受けたSという男に関することであった。

Sは、青森刑務所に収監されたが、監視の眼をぬすんで独房の床をはずして逃走。F氏は捕らえ、Sは東京小菅刑務所をへて秋田刑務所へ移監される。その間、手錠を意のままにはずすことを繰り返したので、「容易ならざる囚人」として、秋田刑務所では特製手錠、足錠をつけられ、鎮静房に入れられる。それは一坪ほどの広さの塔のような房で、高さ三・二メートルの上方に金網でとざされた明かり窓があるだけだった。

昼夜、看守が監視していたが、Sはその明かり窓から脱出、拘束されて網走刑務所に送られる。その刑務所も脱獄、終戦後捕らわれて札幌刑務所に収監されたが、そこも破獄している。

F氏は、

「Sは脱獄の天才で、人間業とは思えません」

と、呆れたように言った。

私は、興味をいだいたが、Sは老齢のこともあって仮釈放され保護観察をうけながら働いていることを知った。小説に書いてみようと思ったが、Sが生存していることにためらいをおぼえ、断念した。それから数年後、Sが七十一歳で死亡したことを知った。

それならば、という思いで、本格的に調査し、二年近くかかって『破獄』という小説を書き上げた。その間、Sを扱った多くの刑務官に会って聴き取り調査につとめたが、その中のT氏との接触が最も印象に残っている。

T氏は、Sが網走刑務所に収監されていた折に、刑務所の庶務課長をしていてSの脱獄に遭遇している。その後、札幌刑務所に戒護課長として転勤し、またも破獄を間近に経験している。二度にわたる脱獄事故を知るT氏は、私にとって貴重な存在だった。

網走でのSの脱獄は、暴風雨の夜とされている。それは警察史や網走市史に記されているが、私は念のため、その日の夜の天候を測候所の記録で調べてみると、暴風雨ではなく快晴と記されていた。

私は、札幌市郊外にあるT氏の家を訪れて、まずこのことをたずねてみた。これも私の習いで、快晴でしたねと問うことはせず、

「Sが脱獄した夜の天候は？」

と、たずねた。

「月が皓々（こうこう）と光っていました」

氏の答えで、私は暴風雨の夜とあるのは、ドラマティックであるようにという作為であるのを知った。

私は、T氏の家に四度足をはこんだ。行刑関係者は受刑者のプライバシーを守るため部外者に対して、極端に口が重い。そのため四度も行ったのだが、その間にSが札幌刑務所から最後に収監された府中刑務所への護送について質問していたが、T氏は概要を口にしただけであった。

私としては正式な護送記録があるはずだと思っていたが、四度目にうかがって辞去しようと思った時、氏がテーブルの上に無造作に書類を置き、

「こんなものが、物置にありましてね」

と言って、狭い庭に出ると盆栽いじりをはじめた。

私は、その書類を見つめた。護送記録とあり、繰ってみると、府中刑務所への護送経過を記したもので、筆記する余裕はなく、携えていたテープレコーダーにその記録を音読し、収録した。

それを終えた頃、T氏は庭から部屋にもどってきて、辞去する私にさりげなく挨拶し、タクシーで去る私を、夫人とともに家の前に立って見送って下さった。

T氏の死を知ったのは、それから間もなくであった。

山本長官　戦死の秘話

二十九年前の昭和五十一年一月、東京の郊外に通じる私鉄の駅に降りた。途中の電車の中には成人式の晴衣を着た娘さんたちが乗っていて、改札口にも振り袖を着た娘さんが明るい声で話し合っていた。

駅前に、血色の良い五十年輩の男の人が立っていた。色白で驚くほど目鼻立ちの整った方で、アタッシェケースを手にしていると伝えてあった私に、にこやかな顔をして近づいてきた。

私は、名刺をさし出し、氏にうながされてとめられた車の助手席に身を入れた。柳谷謙治氏であった。

車が動き出したが、氏の右手は義手で、鉤（かぎ）形をした金属がハンドルにかけられ、操縦する。運転はすこぶる安定感があり、氏が熟達した飛行士であったのを感じた。

私が氏に会いたいと思ったのは、昭和十八年四月十八日、アメリカ戦闘機の奇襲を受けて戦死した連合艦隊司令長官山本五十六大将の搭乗機を護衛する機に乗っていた飛行兵で、その折のことをおききしたかったからである。

私は氏の御自宅の二階に案内され、テープレコーダーを据え、ノートを置き、万年筆を手にした。

氏はつつましい方で、

「複雑な思いのする経験ですので、戦後、話すことなくすごしてきました」

と、言った。

四月十八日午前六時、長官の乗る一式陸攻機は、参謀長宇垣纒中将機とともにラバウル基地を離陸した。行き先はブイン基地で、その方面は日本海軍の制空権下にあったため、わずか六機の零式艦上機が護衛についただけで少しの不安もなかった。

「自分たちの庭のような空で、もしも奇襲されるおそれがありましたら、二、三十機の護衛がついたはずです」

順調に飛行し、やがてブイン基地の飛行場が見えてきた。

「天候はよく、密林の緑の中に飛行場が茶色いマッチ箱のように見えました」

護衛機は、二機の一式陸攻とともに高度を徐々にさげて着陸態勢に入った時、突然、低空で急接近してきたＰ38ライトニング十六機が、長官機と参謀長機に襲いかかった。

「十六機とか二十四機とかいう説がありましたが、私には数十機のように感じられました」

護衛の零戦は、Ｐ38を追い払うことにつとめたが、その間に他のＰ38が長官機と参謀長機に銃撃を加える。空戦能力のすぐれた零戦にむかってくるＰ38はなく、高速で逃げては引き返し、二機の一式陸攻に銃弾を浴びせる。

東京空襲の折、編隊を組むＢ29爆撃機に接近して銃撃を浴びせた日本の戦闘機が、反転してＢ29を追うまでにはかなりの時間を要した。その目撃したことを口にすると、氏は、

「そうなんです。一撃してもう一回Ｐ38をたたき落とす態勢を整えるには、相当な時間がかかりました」

と、顔をしかめて言った。

Ｐ38は二機の一式陸攻にむらがって銃撃し、参謀長機は海面に、長官機はジャングルに突っ込んでいった。避退するＰ38を追い、氏はその一機を銃撃し、Ｐ38は白い煙を吐いて海面に落ちていったという。米軍の公式記録では「ゼロ戦を二機撃墜」とされているが、六機の零戦は全機、基地に帰投している。

山本長官の死を氏は後になって知ったが、その後、護衛をした零戦は毎日のように出撃して五機の乗員は全員戦死し、柳谷氏も空戦で右手に被弾して内地へ送り帰された。私は、氏の右手が義手である理由を知った。

氏の話は終わり、

「終戦後、これほど長くあの時の話をしたのは初めてです。すすんで話すのは性に合いませんので……」

と、しんみりした口調で言った。

私は、氏の許しを得てその回想を『戦史の証言者たち』（文春文庫）と題する著書におさめた。それによって氏の戦歴を知った生地の北海道美深町の人たちが、氏の碑を建てた。氏は固辞されたが、地元の方の熱心な請いに屈したのである。

氏をそのような立場に追い込んだ責任を感じた私は、氏とともに美深町におもむいた。多くの町民が集まり、厳か（おごそ）に除幕式がおこなわれた。氏は落ち着かぬ表情をし、世の表面に出たことを恥じているようだった。

私は、このようなつつましい方が戦史の陰にひそんでいることに、深い感銘と敬意をおぼえた。

ある薩摩藩士の末路

高松凌雲（りょううん）という幕府の医師を主人公に、『夜明けの雷鳴』（文春文庫）という長篇小説を書いたことがある。凌雲は、最後の将軍徳川慶喜（よしのぶ）の弟昭武（あきたけ）がパリで催された万国博覧会参列のため渡仏した折に随行し、病院附属の医学校に入り、西洋医学を修得した。

そのうちに日本で戊辰（ぼしん）戦争が起こって幕府軍が大敗したことがつたえられ、凌雲は他の随行員とともに帰国する。すでに朝廷軍は江戸を占拠し、江戸城を接収していた。

幕府の医官として幕府にあくまで忠誠心をいだいていたかれは、朝廷軍に抗戦を唱える榎本武揚の部隊とともに蝦夷（北海道）へ行き、箱館に設けられた野戦病院の院長に就任する。

やがて、朝廷軍が蝦夷に上陸して榎本軍は圧迫され、箱館に侵入した朝廷軍の兵が凌雲の病院にも乱入する。兵たちは、病院に収容されている負傷者たちを殺害しようとするが、一人の薩摩藩士によって助けられる。

それは軍監村橋直衛で、凌雲は、村橋の要請で五稜郭に立てこもる榎本のもとにおもむいて、降伏をすすめる。榎本は承諾し、ここに蝦夷での戦火はやみ、全国に平和が訪れた。

凌雲は東京に押送されて幽閉されるが、やがて釈放されて医業につく。結婚をし子にも恵まれて医師会の代表ともなるが、かれは、箱館で入院患者の命を救ってくれた村橋のことが忘れられなかった。

私は、その後、村橋がどのようになったかを追ってみた。

村橋は、薩摩藩の支藩加治木藩主の分家に生まれ、慶応元年（一八六五）に薩摩藩が派遣したイギリス留学生の一員にえらばれ、一年間イギリスにとどまって帰国した。戊辰戦争に従軍して各地を転戦し、軍監として箱館の五稜郭攻撃に軍功を立てた。その後、明治四年に開拓使に出仕し、十年には開拓権少書記官に進んだ。経歴にふさわしい出世の道をたどり、その間に、ドイツでビール製造技術を修得して帰国した中川清兵衛を雇い入れ、ビールの製品化に成功した。現在のサッポロビール会社の前身だが、これは小説の本筋に関係のないことなので、書くことはしなかった。

しかし、名門の出で豊かな人間性をもつこの人物が、その後どのような顕職についたかを知りたく、暇な折に当時の新聞を繰ってみた。

偶然のように、明治二十五年（一八九二）の日本新聞に「村橋久成の末路」という見出しの記事を眼にした。村橋の諱は久成で、なにが末路なのか、私は記事の文字を眼で追った。

初めに神戸市役所の公告文が掲載されていて、村橋久成として、

「一、相貌年令四十八才◎身幹（身長）五尺五寸位◎顔丸ク色黒キ方◎薄キ痘（天然痘の）痕アリ◎目大ニシテ鼻隆キ方◎前歯一本欠ク◎頭髪薄キ方

一、着衣　木綿シャツ一枚　白木綿三尺帯一筋

右ノ者、本年九月二十五日当市葺合村ニ於テ疾病ノ為メ倒レ居リ、当庁救護中同月二十八日死亡ニ付キ仮埋葬ス、心当リノ者ハ申出ベシ」

それにつづいて村橋の輝やかしい経歴が記され、

「氏は其の後、何事に感じてや、不図遁世の志を抱き、盟友親族の留むるを聴かず官（職）を捨てて（家出をし）行衛も知れずなりし」

末路とは、行き倒れとなったことをさすもので、私には思いがけなかった。

察するに、五稜郭が落城した後、榎本軍の士卒のおびただしい遺体は放置されたまま腐爛するにまかされていた。その情景に、世の無常を感じて出奔したのではあるまいか。行き倒れになった時の着衣がシャツ一枚に帯一筋というが、それは人の眼をそむけさせるような哀れな姿だったのだろう。

出奔してから行き倒れで死ぬまでの十年間、どのような思いでさすらいつづけたのか。

私は、それを小説に書いてみたいと考え、末裔(まつえい)の人を探し出し、出奔していた間、村橋が書きとめたものがあるかどうか、電話でただしてみた。

電話口に出た婦人は、

「なにも残っておりません」

と、答えた。

考えてみれば当然すぎることで、受話器を置いたが、私にとってはきわめて気がかりな人物で、今もって放浪しているかれの姿が眼の前にうかぶ。

「井の頭だより」から

苺のかき氷

大病しようやく癒(い)えて大学に入学できたのは、二十三歳の春であった。通学するようになって間もなく、同好会の文芸部に所属した。文学への道に進むことなど露思わなかったのだが、自然に部の機関誌に習作を発表するようになり、最年長であったことから、翌年には部の委員長に推された。

機関誌は年三回発行されていたが、部員から徴収する会費はわずかで、発行はとどこおりがちであった。この苦境を打開するため、中学時代から寄席通いをしていた私は、古典落語鑑賞会をもよおし、それによって機関誌の発行費をひねり出そうと企てた。

仲介する人があって、私は噺家(はなしか)の家をまわって出演を依頼した。当時、噺家を学生が招くということはなかったので、いずれの方も安い出演料で快諾して下さった。それによって当時一流の志ん生、文楽、可楽、柳橋らの師匠たちが、大学の講堂で熱のこもった噺をして下さり、満員の学生たちは沸きに沸いた。入場料は五十円で、一回おこなうごとに五千円以上の利益を得た。

これで収入の点では楽になり、支出の削減をはかった。私は部員と印刷所をまわり、市価の五割近くで機関誌を発行してくれる所があるのを知った。それは小菅刑務所の印刷部であった。

交渉が成立し、私たちは機関誌に発表予定の小説、評論、詩などの原稿を印刷部に持ち込んだ。印刷部では、むろん受刑者が作業をしていたが、一日の作業量がきまっているらしく、原稿のゲラが出るのがきわめておそい。予定日に行っても出ず、私たちは、刑務所の前の荒川放水路の土手に坐ったり寝ころんだりして、それを待っていた。

近くに葭簀(よしず)張りの茶屋があって、私たちは、そこに行ってラムネを飲んだりしていた。

ある日、初老の女性に連れられた長身の青年が茶屋に入ってきて、縁台に坐った。目鼻立ちのととのった男の顔はきわめて青白く、頭は坊主刈りで、風呂敷包みを手にしていた。あきらかに出所してきたばかりの受刑者で、付添っているのは母親にちがいなかった。

男は、苺色の液のかかったかき氷を息もつかぬような早さで口に運び、女性はそれを無言で見つめている。所内では衛生管理の配慮から冷いものは出されず、男は出所したらかき氷を、と夢みていたのだろう。

男がかき氷を休む間もなく口に運んでいた姿が、今でも思い起される。

図書館長

三十八年前、『戦艦武蔵』という小説の実地調査でおもむいてから、現在まで百五回、長崎の地をふんでいる。それほどひんぱんに訪れているのだから、長崎の名所旧跡はすべて知っていると思われがちだが、ほとんど知らない。

私が訪れるのは図書館で、夜は旅の楽しみで小料理屋やバーのある思案橋界隈に足をむける。今は故人になっている図書館長の永島正一氏とは必ずと言っていいほど小料理屋で酒を酌み合ったが、十年ほど前、氏はなにかに記録していたらしく、私の長崎来訪が六十五回目だ、と言い、その時から意識して数えるようになったのだ。

職業柄、私の旅は観光のためではなく、小説の史料収集、実地踏査であるので、必ず図書館におもむく。そこで調べ物をするのだが、館長は親切で、中には生き字引きのように豊かな知識を持っている人もいて、驚嘆することがある。

ただ一つ、気になることがある。図書館長は、館長だけにあらゆる分野に精通している方もいるにはいるが、そうでない人もいる。このような方とは、少し言葉を交せばすぐわかる。

理由は、簡単である。地方自治体では、図書館長の職は、人事の一つとして扱われているからである。市の土木部長であったような方が、人事異動で図書館長の職につく。書籍に眼を通したこともなく、図書館の運営だけを取り仕切る。

それは、それでもいい。私が必要なのは、生き字引きのような秀れた館員である。しかし、このような館員も、地方自治体の吏員として定年になると退職してゆく。

「あの方は、退職されました」

ときいて、がっかりすることが多い。

図書館の館員の職は、特殊である。長年の館員としての仕事の中で、研究心と努力で得がたい知識をそなえる。そうした秀れた人材は、人事の枠を越えて扱うべきである。

定年に達しても、なにか嘱託というような形で図書館に残ってもらうことが必要なのである。地方自治体の頭に立つ人は、図書館を特殊な分野にあるものとして考え、柔軟に対処してもらわなければ困る。

私の旅は、地方にある図書館への旅であり、秀れた館員がそれぞれの図書館にいることを知っている。図書館は一種の聖域で、人事異動の入り込む余地はないと思う。

輝やく眼

仙台に近い石巻へ小説の資料調べの旅をするため、東京駅に行った。

東北新幹線のホームに行き、列車が入るのを待っていると、声をかけられた。白髪の杖をついた老人で、なつかしそうに話しかけてくる。見おぼえのない顔であったが、輝やきのある眼に、会社勤めをしていた頃、取引先の小企業の経営者であったMさんであることに気づいた。

「お忙しそうで……」と彼。「お久しぶりで……」と私。Mさんは家業が思わしくなく、工場を閉じてそこにマンションを建て、それを賃貸しした収入で平穏に暮している、と言った。

「それではお元気で……」

彼は言って、ハンチングをとって頭をさげ、杖をついて去っていった。

やがて列車がホームに入ってきて、私は乗り、座席に腰をおろした。

Mさんと言えば、一つの忘れられぬ思い出がある。

Mさんは、酒席で女の自慢話をするのが常で、愛人が複数いるが、女房には情事を絶対気づかれないという。

「要は、ここだよ」

と言って、自分の頭を得意気に指さした。彼は頬をゆるめ、眼が艶っぽく光っていた。

しばらくして、酒席で会うと、彼はひどく落ち込んでいた。

「なにかあったのですか」

私がたずねると、こんなことを話した。

深夜、家に帰って寝たMさんは、突然、起き上るとワイシャツを着、ズボンをはいて、

「さ、そろそろ帰らなくちゃ」

と言って、靴下もはきはじめた。

ふと気づくと、傍らに寝ていた奥さんがふとんの上に坐っていて、

「いったい、どこへ帰るのですか」

と、Mさんを見つめていたという。

Mさんは答えることもできず、それですべてがばれてしまったという。

私は、笑うわけにもゆかず、すっかりしょげ返っているMさんから視線をはずし、杯を口に運んでいた。その後、Mさんの顔色は冴えず、どのようになったのか話すことも

しなかった。

久しぶりに会ったMさんは、老いていたが、眼の輝やきは当時のままで、相変らず女色を漁(あさ)っているか、と思った。

銀行にて

現金引出しのキャッシュカードを上衣の内ポケットに入れて、銀行に出掛けた。地方に小説の資料調べの旅に出る予定を立て、懐中少々心細いので十万円を引出そうと思って家を出たのである。

買った商品の支払いその他でカードが使われ、多くのカードを所持している人がいるときく。それは、現代生活を送る人の常識らしいが、カードと言えば、私はキャッシュカード以外に病院の診察券しかない。

銀行に行くと、カードを使うコーナーに長い列がつくられていた。通帳に預金の出し入れを記入したりする機器もあるが、私には無縁で、やり方を知らず、教えてもらうのも煩(わずら)わしいので、私がそのコーナーに行くのは現金引出しのためのみである。

多くの人がいるのに驚いたが、三つの銀行が合併したことと、その日が月末の月曜日なので無理もないことを知った。

私は、現金引出し専用の機器の前にできた列の最後尾についた。

私は少しずつ前に進み、前には中年の女性のみになった。私は少し距離を置いて立っていたが、彼女は現金引出しを終えると、出た紙幣の枚数を丹念にしらべている。考えてみれば当然のことで、機器を百パーセント信用するのは、むしろおかしいのだろう。

そうは思いながらも、後ろに並んでいる人たちをどう思っているのか、いい加減にしてくれと思っているうちに、ようやく女性が機器からはなれ、私は引出し機の前に立った。

暗証番号を手早く押し、十のボタンについで確認のボタンを押した。すべての操作を終えた時、思いがけずチャリンという音がした。開いた空間に一枚の十円硬貨がある。一瞬頭が錯乱し、ようやく十の次に万のボタンを押さなかったことに気づいた。

私は、硬貨をつまんでポケットにおさめると、もう一度落着いて操作をし直し、一万円札十枚を手にした。だれにも気づかれた気配はなかったようだが、十円硬貨一枚を引出すためにキャッシュカードを使った私を見ていた人がいたら、どのように思うか。私は、恥しくなってそうそうにその場をはなれた。

ポケットに入っている十円硬貨に手をふれてみた。引出し機からは十円でも出ることに、あらためて驚きを感じた。機器の中には、紙幣以外に硬貨も積み上げられていて、その中の十円硬貨が一枚、私の前に出てきたのである。私は手にふれる十円硬貨に、引出し機を信用できる気持になった。

清き一票

二十年ほど前、北海道のオホーツク沿岸をタクシーに乗って進んだことがある。

その頃、動物の生態に興味をいだいて、いわゆる動物小説を書いていた私は、オホーツクに面したある町にトド撃ちの名人がいることを耳にし、稚内（わっかない）からタクシーでその町にむかったのである。

左手の海は流氷にぎっしりおおわれ、沖に海の輝やきが見えるだけであった。初めて見る流氷に、私は、海に眼をむけていた。

道路に標識があって、タクシーが一つの村に入っていった。道に走る車はない。

前方にクリーム色の小型車がとまっていた。その傍らに幅広いタスキをかけた紺色の背広を着た男が、携帯用のスピーカーを肩にかけて立っている。かれは畠（はたけ）をへだてた遠くに建つ酪農農家らしい家にむかって、なにかしゃべっている。

「この村で議員選挙がはじまっているのですよ」

途中、観光説明をしてきた運転手さんは、旅人である私に説明口調で言った。

私は、興味をいだいた。村会議員の選挙では一票の重みが大きいというが、男は、遠く一軒だけ建つ家にむかって自分の公約を訴えている。家の外に人の姿はなく内部も無人であるかも知れぬのに、それでも男はスピーカーをむけている。

タクシーは進み、やがて速度をゆるめた。

「畠に二人の女と一人の男がいるでしょう」

運転手が、私に声をかけた。

畠に作物はみられず、五十年輩の男と女が、若い女と鍬をふるっている。

「あの男は××さんと言いましてね、前回の選挙に立ったのですが、落選したのです」

タクシーが近づいた。無精髭をはやした男が、女たちから少しはなれた所で土を鍬で起している。

「××さんの得票は一票だったのです。同年輩の女は奥さんで、若い女は出稼ぎに出ている長男の嫁です。××さんは、むろん自分に一票を入れたのですが、奥さんも嫁も投票所に行ったのに入れなかったのです」

運転手は、開票後、それが村の大きな話題になり、夫婦が離婚するのではないかという噂も立った。しかし、男も妻もそのまま家にとどまっているという。

私は、後部の窓から遠くなってゆく男女の姿を見つめた。男が哀れに思えたが、投票の余波で揺れはしたものの今では何事もなく、家の平和が維持されているのを感じた。

被災地の錦鯉

新潟県の越後湯沢のマンションに仕事場を持っている関係で、県内紙の新潟日報社から一年間連載のエッセイを依頼され、十月二十日に十一月分を書いて送った。内容は、錦鯉についてであった。

少年時代、家の庭に瓢簞型の池があって、緋鯉、金魚を飼っていたが、空襲が激化した頃、生れ育った町に奇妙な話が流れ、それは金魚を拝むと爆弾にあたらぬという迷信で、そのことからエッセイを書きはじめた。

三十歳をすぎた頃から魚を飼うのが趣味になり、初めは目高、金魚のたぐいであったが、やがて柄にもなく蘭鋳にまで手を出し、その後は錦鯉一筋で現在に至っている。

動物小説を書いていた時期があり、現実にはあり得ない紫色の美麗な錦鯉を産出するのに努力した業者を想定し、かれを主人公にした虚構小説を思い立った。飼育の実態を知るため著名な産出地である新潟県の小千谷に出掛けていったが、その折のことをエッセイに書き、新潟日報に送ったのである。

それから二日後、微震を感じてテレビをつけると、新潟県の中越地方に強震があり、しかも、小千谷がその中心地であるのを知った。連日、容易ならぬ被害状況が報じられ、私は落着きを失った。

私が送ったエッセイは優美な錦鯉が泳いでいるのに見惚れたなどという、のんきなもので、余震におびえ苦しい避難生活を余儀なくされている方々には申訳ない気がした。

私は、新潟日報の担当記者に原稿を没にしてもらうよう頼み、翌日、別のエッセイを急いで書き送った。

全員避難したという山古志村も錦鯉の産出地で、小千谷に行った時、村まで足をのばしたが、山肌が紅葉していたような記憶があり、その村が水没している情景に痛々しさを感じた。

湯沢はどうかと案じたが、私と同じようにマンションの部屋を持つ某社の出版部長から、心配で出掛けていったが被害はない、と連絡してきた。しかし、ホテル、旅館はキャンセルがかなりの数にのぼり、憂慮した温泉組合では湯沢は大丈夫ですと言うのも、被災地の方たちに申訳なく、できかねるのだ、ともいう。

テレビの画面で、山古志村の錦鯉の状態が紹介され、死んだ錦鯉、辛うじて生きていた鯉を移す光景もうつし出されている。それらの鯉は、色、形とも見事で、私の庭の池に泳ぐ錦鯉とは比べものにならない。それだけに被災地の災害の恐しさが身にしみる。

手鏡

書斎の窓の外に、枝垂れ桜の樹がある。

昨年の春には前年より多くの花がつき、やがて葉桜になって晩秋には葉が黄ばみ、それも落葉して、枯れ研がれた枝がひろがっている。

朝からの雨で、細い枝には水滴が、無数の小粒の真珠のように附着している。傾斜した細い枝に水滴が湧き、それが、つつっと降りて下方の水滴にふれると、共に落ちる。それを見つめているうちに、二十歳の折に病床についていたことがよみがえる。

その年の正月に喀血した私は、肺結核の末期患者として寝たきりの日々をすごしていた。治療方法はなく、絶対安静がわずかに死をまぬがれる唯一のこととされていた。

戦後間もなくで、焼跡に建てられた板張りの粗末な家の四畳半の部屋で病臥していた。

眼だけが生き、冴えていた。

日が傾き、西日のあたる板壁の節（ふし）が、徐々に赤くなり、それがルビーのようにきらびやかな朱の色に染まる。西日の移行につれて次の節が光り、やがてそれが薄れ、その日が暮れたことを知る。

寝たきりの身であったので、手鏡をかざして頭のすぐ上にひらいた窓から庭をながめていた。樹の枝に雨滴が移動するのを見つめ、枝をつたう蟻の動きを眼で追う。蜘蛛（くも）が一心に巣を張り、私の眼は、蜘蛛の体をつつむ微細な毛をとらえる。蠅（はえ）が巣にかかり、素早く近づいた蜘蛛が蠅の体をとらえて回転させ、たちまち繭（まゆ）のようにするのも眼にした。

庭の垣根の外に、おびえたような近所の少女の顔を見たこともあった。肺結核は伝染病で、その少女は親に近づかぬように言われ、おそるおそる私の寝ている部屋をうかがっていたのである。

庭の樹葉に緑がひろがった頃、庭にむけた手鏡の中に、牧師の服装をした金髪の男の顔が浮び上った。

男は、私に見舞いの言葉をかけ、

「読んで下さい」

と、たどたどしい日本語で言って、窓の下に聖書を置いて去った。

半月ほどして、再び男は手鏡の中に現われ、私は、小説のように面白く読んだ、と告げた。牧師は、それで十分ですと答え、手鏡の中から消えた。

その聖書は、長い間書棚に置かれていた。その時から五十余年がたったが、今も生きていることが、不思議でならない。

少年の手紙

中学二年生だという少年から手紙が送られてきた。私の作品の感想文が入っていたが、文章がしっかりしていて、作品の解釈も筋道が通っている。

私の作風の性格上、少年から手紙をもらうことは極めて稀で、返事の葉書を書いて送った。

すると、少年から手紙とともに小包が送られてきた。手紙には将来小説家を目ざしていて、小包の中には四十枚の自作の作品が入っているが、読んで見込みがあると思ったらお弟子にして下さい、とある。

私は、小包をあけることもせず返送し、再び葉書を書いた。たしかに中学二年生にしては文章がしっかりしているが、だからと言って小説家になれるわけではない。多くの書物を読み、さまざまな生きる上での経験をかさね、それによって小説を書いても、世に認められる小説が書けるとはかぎらない。その確率は、きわめてきわめて低い。もしもそれでも小説家になろうと思うのなら、君の場合、毎日の学校の授業に精を出してつとめることが先決だ。

このような趣旨の葉書を送った。

弟子にして欲しい、という少年の願いがほほえましく思えた。一時代前なら、小説家志望の人が小説家の弟子になって修業したこともある。しかし、現代では、文芸編集者が、新人発掘につとめていて、文芸誌に新人賞が数多くもうけられ、応募作品の中から有望な新人を採りあげる。小説の世界では、師匠、弟子の関係など全くなく、新人賞への応募によって小説家が世に出てゆく。噺家などは、師匠の手ほどきがなくては成立たないが、小説家の場合は、自分をとりまくもろもろのことが、師匠でもある。

程なく、またもその少年から手紙が来た。

弟子にしてもらうのは諦めたとあり、私の葉書を担任の教師に見せたところ、教師は、この小説家の言う通りだ、今は勉強する時で、小説家になれるかどうか社会人になってからじっくり考えればいい、と言ったという。

少年は、教師の言葉にしたがって勉強にはげみます、とあって、その最後に、

「これから長い間文通しましょうね」

と、書かれていた。

私も仕事に追われている身で、文通するわけにはゆかない。

それから十数年がたつが、少年は社会に出て、まだ小説家を夢みているのかどうか。時折りその少年のことを思い出す。

流しの歌手

今から四十年も前のことである。

その頃、私は作品が四度、芥川賞候補に推されたが、いずれも受賞とは縁がなく、いわば無名に近い小説家で、それでも屈することなく小説を書きつづけていた。

ある年長の作家が、「私」について書いたエッセイが眼にとまった。その作家が愛媛県の宇和島に旅した時、「私」と出会った。「私」は、小料理屋やバーをギターをかかえて流している市井の歌手で、それで生活を支えながら一心に小説を書いている。文藝春秋で出している文芸誌の「文學界」に短篇小説を何篇か書き、芥川賞を目ざして努力している、とも言ったという。

そのエッセイを読んだ私は、それを書いた作家が、流しをしていた男を「私」と信じているのを感じた。

こんなことを書いても、だれも信用しないだろうが、小学校低学年の頃、私はボーイソプラノとでもいうのだろうか、声がよく唱歌がうまかった。

そのため小学二年生の時、学芸会で唱歌をうたうことになり、第一節をクラス全員で合唱し、第二節は私の独唱、第三節は合唱、第四節は私の独唱であった。

その後、変声して歌をうたうなどということは一切なく、現在に至っている。酒席で歌になったりしても、ただ他の人の歌をきいているだけである。

そうした私だけに、「私」が流しをしていたというエッセイが可笑しくてならなかった。むろん流しをしていたことなどなく、その男は私の名をかたっていたのである。第一、その頃、私は宇和島になど一度も行ったことがなく、ギターをひいたりするような器用さもない。

それから十年ほどして、歴史小説の調査で宇和島に初めて行き、現在まで四、五十回は訪れている。

流しの男のことを思い出し、一度会ってみたいと考え、土地の人に流しをしている男がいるかどうかをたずねた。私をかたっていた男がどんな顔の男か、私は名を告げず、その男の歌をききたいと思ったのである。

しかし、土地の人は、以前は流しをしていた男たちがいたが、カラオケブームが到来してから姿を消し、今では一人もいないという。

ひそかに期待していたことが、むなしくなったことを知ったが、無名に近い私の名をかたっていた男は、恐らくひそかに文学を志していた者だったにちがいない、とひそかに思っている。

ゴルフと肋骨

ゴルフを趣味にしている人は、ゴルフをしている人にすすめられ、その気になってクラブをにぎるようになるらしい。ゴルフをはじめると、たちまちその魅力にとりつかれ、練習場に通い、ゴルフ場に行く。

そんな話を耳に胼胝（たこ）ができるほどきいているが、人間には何事にも柄というものがあって、私はゴルフをするような柄ではないと思われているらしく、ゴルフを……と言われたことがない。

ただ一人、すすめてくれる人がいた。先輩作家の丹羽文雄氏で、氏は高齢になってからゴルフをはじめたのに、驚くほど上達が早く、八十歳になってエイジシューターという、その世界では驚異の記録も出し、小説家や編集者にも親切にゴルフを教え、そのため丹羽学校とも称されていた。

氏が費用の全額を出していた同人雑誌に関係していた私は、稀に氏と会う機会があっ

たが、ある時、

「君、ゴルフをやらんか。健康にいいぞ」

と、言われた。

私は、即座に辞退した。趣味というものを持たぬ私は、ゴルフなど縁遠いもので、ただテレビで観るだけにすぎない。せっかくのすすめであったので、肋骨のことを口にした。二十歳の折に、肺結核の末期患者であった私は、左胸部の肋骨五本を二十五センチ平均で除去する手術を受け、辛うじて死をまぬがれた。ゴルフは上体を強くひねって球を飛ばすので、残った肋骨が折れる恐れがある。

それを口にすると、丹羽氏は、

「そうか、それは駄目だ、肋骨か」

とつぶやいた。

しかし、鷹揚な氏は、すぐに忘れるらしく、ゴルフをやらんかとすすめる。私が肋骨のことを口にして辞退すると、氏は納得するが、その後も何度かすすめられた。

ある時、氏は私の顔を見つめると、

「君は、ゴルフをやっちゃいかんよ。肋骨がないんだから……」

と、たしなめるように強い口調で言った。

これで氏にゴルフをすすめられることはなくなったが、肋骨がない、という言葉が胸にわだかまった。ない、わけではなく、二十五センチ平均で切除されただけにすぎないのだ。

丹羽氏は、先頃百歳という高齢で亡くなられた。氏のことを思うたびに、ゴルフをやらんかという明るい声が思い起される。

茶色い犬

ムクという忘れがたい犬がいる。

四十代半ばに、月一回の割で北海道に旅をした。ある雑誌に羆撃ち（くま）の猟師のことを連載するため、猟師の家に行って話をきく。おしなべて口数が少く、極端に気むずかしい人もいた。

羆は、冬、穴ごもりする習性があり、それを撃つ穴羆とり専門の猟師の家におもむいたことがある。かれは、毎年雪どけのはじまらぬ三月下旬に山へ入り、アイヌ犬のムクを連れて羆のひそむ穴を見つけ、ムクの協力を得て羆を撃つ。

ムクの耳は失われ頭部に鋭い傷痕が二筋残っているが、それはかれの不注意によるものだった。かれは羆を銃撃し、羆が倒れて動かなくなったので、不覚にもムクの手綱をはなした。ムクは走り、羆に近寄った瞬間、羆は余力をしぼって掌を横になぎはらい、ムクは頭部をたたかれ、耳を引き裂かれたのだ。

猟師は炉端で、三年前に穴罠とりに山中に入った時のことを話した。

十日分の米を携行して山に入ったが、罠を眼にすることはできず、一日の食べる分量を減らして野宿をかさね、二十日近くになった。札幌郊外の山に足をふみ入れてから、倶知安の近くまで歩いていた。

倶知安の町におりたかれは、さながら半病人であった。足は今にも崩折れそうで意識はかすみ、再び山中を歩いて帰る力は失われていた。

駅の近くに行くと、かれはムクの首輪につけた綱をといた。犬を列車で送る金はなく、札幌までの切符を買うと、すべり込んできた列車に乗った。かすんだ眼に、線路ぞいの柵の外に立つムクの姿が見えた。

ムクを置いてきたことは妻や娘を悲しませ、かれも悔いたが、到底ムクを連れて帰ってくることは不可能だったと、自らを慰めた。

それから十日後、ムクは家に帰ってきた。骨が浮き出るほど痩せこけ、泥まみれになっていた。かれは、ムクを抱きしめた。

家の外に私とともに出たかれは、入口の傍らを指さした。地面に腹をつけて眠っている茶色い犬がいた。

「急に老いて、とても猟には使えません」

かれは、無表情に言った。

その後、猟師の家に電話した私は、犬が姿を消したことを知った。夜、ムクは綱をかみ切って姿を消し、再びもどってくることはなかったという。

「山の中に死場所を求めて入ったんですよ」

私は、猟師の言葉をうつろな気分できいていた。

凧揚げ

家の近くの公園のはずれに、市民グラウンドがある。散策でそこまで行き、グラウンドをながめる。

一周三百メートルほどのコースを、人々が思い思いに駈けたり、歩いたりしている。テレビでマラソンレースを観るのを楽しみにしているので、走っている人の姿に自然に眼がむく。一定の均整のとれた走り方をしている人は、何周しても体がくずれないが、手足のばらばらな走り方をしている人は、一周してくるだけで顎があがり、かなり疲れているように見える。

コースにかこまれたグラウンドの中央には雑草がはえていて、犬を飼う婦人たちが集まったり、正月には少年たちが凧を揚げたりしていた。

十年ほど前、新潟県の白根で作られた六角凧をそこで揚げたことがある。少年時代から凧揚げが好きで、正月にかぎらず、風の好ましい日には物干台で凧を揚げていた。

グラウンドでビニール製の凧を揚げていた少年たちは、武者絵の和凧が珍しいらしく、私を見つめ、凧を見上げている。凧は悠然と左右に動くこともなく、少しずつ空高く揚がっていった。

それから半月ほどたった頃、近くの繁華街である吉祥寺の小料理屋に行くと、女店主が、

「凧など揚げないで下さいよ」

と言って、顔をしかめた。

彼女は公園を散歩している時、凧を揚げている私を見た。少年たちが凧を揚げている中にまじって糸を操っている私が、ひどく侘しく見えたという。

「やめて下さいな、本当に。見ているのが辛かった」

彼女の眼は、少しうるんでいた。

わからぬでもない。六十代の半ばをすぎた男が、凧を揚げている。凧だから侘しいのだ。空を見上げている私に、孤独感をおぼえたのだろう。

凧揚げ大会などを除いて、たしかに凧を揚げているのは少年にかぎられ、大人は見たことがない。彼女に言われてから私も、凧を揚げることはしなくなった。

私が凧を揚げたグラウンドの中央では、紙製のヒコーキを飛ばしている六十歳をすぎたらしい男たちがいる。初めは一人であったが、今では四人になっている。

二十センチほどの長さのヒコーキの先端にゴム紐をつけ、空にむけて放つ。凧を揚げていた自分の姿と重なり合う。男たちは、無言で放たれたヒコーキの行方を眼で追っている。

凧など、と言った小料理屋の女店主は、それから間もなく癌で死亡し、店も他人名義になっている。

日本語の面白さ

知人からきいた話だが、かれの長女の息子は小学校六年生で、ある時、

「将来、コジカのお医者さんになりたい」

と、言った。

テレビで小鹿が傷ついたのを観てそんなことを言ったのか、と母親は思ったが、話をよくきいてみると、子供の病気を治す医者を望んでいることに気づいた。小児科をコジカと思いこんでいたのだ。

児をニと発音するのはむずかしく、その少年がコジカと読んだのも無理はない。私の知るかぎり、岐阜県の多治見市に近い所に可児という市がある。その市名をカニという。小説を書いていてその地名にぶつかり、カコと読むのかと思ったが、カニと知って小児科のニかと感心したことをおぼえている。私も、小学校六年生の知人の孫と変りはないのだ。

東北地方を旅した時、山形県新庄から秋田県横手にむかう奥羽本線で、途中に及位という駅名があるのに面食らった。果してなんと読むのか。あらためて地図を見て、それがノゾキと読むことを知って驚いた。むろん、それなりの理由があるのだろうが、常識的に考えてみてもノゾキと読むとはとても思えない。

身近な所に我孫子という地があるが、東京の人間はアビコと知っているものの、他の地に住む人にはそんな読み方はできないはずだ。

日本全国多くの地名があるが、読み方のわからぬものが無数にあるのだろう。

姓名も、思わぬ読み方がある。

中学生であった頃、化粧品のクリームでウテナクリームという商品がよく売れていた。ウテナとはしゃれた感じだと思っていた。辞書をひいてみると、台をうてなと読み、土を盛って高くした所の意であるという。

九十九という姓を、なんと読むのか。ツクモと読み、辞書にもある。九十九は百より一つ少いので、一画少い白の意で、白髪を意味するともいう。いずれにしても、九十九をツクモと読むのは不可能だ。

私と妻が共通して首をかしげているのが、金字塔の読み方。スポーツなどで、アナウンサーがキンジ塔を打ち立てた、などと言っている。妻は私より一歳下で、小、中学校時代、コンジ塔と習っていたということで一致している。しかし、辞書にはキンジ塔とあり、私と妻は、記憶ちがいをしているのか。
いずれにしても、日本語は多彩で奥が深い。

方言

　二十七歳の冬、兄の経営する毛紡績会社に勤務し、しばしば東北地方へ出張していた。原毛は豪州からの輸入品であったが、東北の農家で飼育している緬羊(めんよう)の毛を使うことも考え、その実地調査を命じられたのである。私は、市町村の役場を訪れて緬羊飼育の実態をしらべ、記録していった。

　ある日、日が没して宿への道を歩いていた。雪が降っていて、道は暗かった。

　前方の降雪の中に朱の色がにじんで見え、近づいてきた。今では見られなくなったが、角巻(かくまき)を頭から羽織った二十七、八歳の女性で、顔の白さが、角巻の朱の色で際立っていた。

　女性は、私の傍らにくると、

「お晩すーッ」

と美しい声で言って、過ぎていった。

東北地方では、今晩はをお晩です、と挨拶するが、でが雪の中にとけこみ、お晩すとなった。その「すーッ」がいかにも夜の澄んだ冷気を感じさせ、その女性の整った顔立ちとともに今でも記憶に鮮やかに残っている。

その後、小説家になってから、東北地方を舞台に小説を書くことが多く、ひんぱんに旅をし、自然に東北弁にも通じるようになった気がしていた。

東北弁は、音楽にも似た発音で、しかもなんとなくユーモアが感じられる。ある漁村の海岸に据えられたベンチに坐っていた時、右方から中年の男が、左方からも同年輩の男が近づき、互いに、

「まんず」

と、軽く頭をさげて通りすぎていった。

「まんず」とは「まず」で、標準語で言えば「どうも」ということか。再び二人の男が近づき、それも「まんず」。なんとも言えぬ可笑しさである。

こんなことを書くと、東北弁にひどく通じているように思えるかも知れないが、そうではない。能代(秋田県)から、五所川原(青森県)に行くため、早朝、五能線に乗ったが、私のまわりは農産物などを売りに行く中年以上の婦人ばかりで、声高にしゃべる言葉が、全くわからない。わずかに理解できたのは、「確定申告」という言葉だけであった。

津軽弁は最もむずかしいと言われているが、その折の旅で東北弁に通じているなどという僭越（せんえつ）なことは、決して言わないことにしている。方言は、それぞれの地の土壌に生れ育（はぐく）まれたもので、それ故におかしがたいものなのだ、と思う。

歴史の大海原を行く

多彩な人間ドラマ

少年時代、上野の山は魅力にみちた遊び場であった。

東京都の地図を見ていただくとわかるが、山手環状線の上野駅の次が鶯谷、その次が日暮里で、私の生れ育った町の駅である。駅の線路をへだてた地に谷中墓地の広大な高台がひろがっていて、上野公園までつづいている。

小学校二、三年生頃から、夏休みに黐（もち）を先端につけた細い竹竿を手に、墓地に入って蜻蛉（とんぼ）採りに熱中した。今ではほとんど眼にできぬヤンマなどの大型蜻蛉が多く、その形態、色彩が魅力にみちたものに感じられた。

町の者にとって盛り場と言えば、上野、浅草で、ことに上野は近いこともあって親しんだ。私は、谷中墓地をぬけて上野方面に歩いて行ったが、寛永寺の境内を横切るのが常であった。

幕末に上野の山に立てこもった彰義隊が朝廷軍と戦い、その本営が寛永寺であるのを自然に知るようになった。さらに戦さに敗れた隊員が、上野の山から私の生れた地にも逃げてきて、刀槍を捨て、農夫の衣服に着替えて落ちていったという話をきいたりした。

幕末を時代背景にした歴史小説を多く書いてきた私が、上野の戦いを書いても不思議はないのだが、わずか半日で終ったその戦さに筆をとる気にはなれなかった。

そのうちに、寛永寺山主の輪王寺宮のことが気がかりになった。宮は、上野の山から落人さながらに落ちていったが、その後のことは一切闇につつまれている。私は、宮がどのように生きたかを探り、それを書いてみようと思った。

宮は、随行の僧とともに寛永寺から根岸へ落ちている。それは私の生れた町に隣接していて、それから三河島村、尾久村へとのがれているが、いずれも私の熟知した地であった。それらは寛永寺の寺領になっていて、寺への尊崇心から村人たちは宮の逃避行に力のかぎりをつくしている。

私は、宮一行をかくまった家々の子孫をたずね、言いつたえられた話をきいてまわった。そのような聴き取りを受けたことがないそれらの家の人たちの話は、いずれも新鮮であった。

さらに宮は、浅草合羽橋の東光院、市谷の自証院へのがれ、海路、奥羽へ落ちていっている。私も、宮の跡を追って奥羽への調査に手をつけた。

思いがけず私の前に、知ることのなかった世界がひらけていた。戊辰戦争で敗北を喫した幕府関係者は、朝廷軍に追われて奥羽の地にのがれてきている。

幕府の恩顧に代々あずかっていた武家たち、土方歳三を長とする新撰組の隊士たちや鳥羽、伏見の戦いで敗走した兵、彰義隊員等。幕府に仕えていた役人、医師など種々雑多で、その中に輪王寺宮一行が加わっていた。

さらに、長州征伐以後、薩長両藩に敵対行動をとっていた藩の藩主である幕府の元老中らも、数少い旧家臣らとともに奥羽へのがれてきていて、輪王寺宮と接触している。元老中板倉勝静（かつきよ）は備中松山藩、松平定敬（さだあき）は桑名藩の各藩主で、鳥羽伏見の戦いで幕府軍の先鋒（せんぽう）として薩長両藩を主力とした朝廷軍と戦っている。また、長州征伐で長州藩と対峙（たいじ）していた肥前唐津藩世子小笠原長行（ながみち）も、朝敵として追われる身になっていた。

まさに奥羽は、敗者の坩堝（るつぼ）と化していた。

やがて奥羽諸藩は、朝廷軍の軍門に下り、輪王寺宮も恭順して京都に送られ、幽閉の身となる。

朝廷軍は奥羽へと進攻し、のがれてきていた者たちは、松島湾に立ち寄っていた榎本武揚指揮の艦船に乗って蝦夷へむかい、三人の元老中たちも、行を共にしている。

これら老中たちは、その後、どうなったのか。それぞれに波瀾（はらん）にみちた経験をしている。

かれらの藩は、いずれも朝廷軍に降伏していたが、藩では元藩主であるかれらの消息をつかむため密偵を放ち、暗号で連絡をとり合うなどして必死の努力をしている。幕府の倒壊が確定後、旧幕府関係者への追及もゆるむにつれて、各藩は元藩主の救出につとめ、その結果、かれらは内地にもどって潜伏後、自首し、死をまぬがれている。

明治維新という社会革命は、京都を起点とした武力行動が、東へ東へと波及し、江戸、奥羽地方をへて北海道にまで及んだ。城をはじめおびただしい民家が焼かれ、多くの人が死亡し、平坦な街道は荒れに荒れた。

彰義隊の戦さは半日で終ったが、落ちていった輪王寺宮の跡を追うことで、知ることのなかった多彩な人間ドラマが展開されているのを知った。少年時代、眼にした静かな寛永寺の境内。年に数回ふる里に足をむける時、その境内も通るが、小説『彰義隊』を書き終えた現在、全く別のものに見える。

小説の書き出し　にがい思い出

小説の書き出しをどのような文章ではじめるべきか。それは、小説を書く上で最も重要なことで、最初の一行がきまれば、その小説のほとんどが書き終ったに等しく、その日はなにもしない。書き出しの文章によって、その小説のすべてがきまり、短篇小説にかぎらず、長篇の場合も同様のことが言える。

現在、幕末に長崎でオランダ医ポンペに西洋医術を学んだ、松本良順を主人公にした長篇小説を書く準備を進めているが、書き出しをどうするか。半月近くもあれこれと考えている。

ポンペがオランダ蒸気船で長崎に来た情景から書くか。長崎でコレラが流行した町の不穏な空気から書き出すか。それともポンペの指導で、日本で初めて西洋式の解剖がおこなわれた折のことを書き出しとするか。今もって、どこからこの小説をはじめたらよいか、決めかねている。

にがい思い出がある。

昭和六十三年十月から十カ月間にわたって、『桜田門外ノ変』という長篇小説を新聞に連載した。執筆に入る前、資料集めもすべて終え、どこから書き出すか、考えた。

私は、水戸の豪商の厖大な日記の中に興味深い記載があるのに眼をとめた。桜田門外の変が起る一年八カ月前に、夜空に彗星が現われた、とあり、長い尾をひく彗星の絵も描かれている。それを天文学史の書物で調べてみると、十九世紀中最も美しく、そして大きいドナチ彗星であることを知った。

当時、彗星は凶事が起る前兆とされ、井伊大老が暗殺された桜田門外の事変の前ぶれとして、このことを採り上げるのは好ましい、と考えた。

これを書き出しとすることにきめ、夜空に彗星が現われた水戸の城下の描写から書き記した。

夜ごとに、空に長く尾をひいて現われる巨大な彗星。それはかなりの期間つづき、それを眼にする人々は恐れおののき、神仏に祈った。

私は、意をこめて書き進めたが、二十枚ほど書いたところで、書き出しをあやまったことに気づいた。桜田門外の変が起るにはさまざまな要因があり、それを確実に書いておかなければその事変の実相はわからない。わずか一年八カ月前から書きはじめたことが、根本的に無理であることを知った。ドナチ大彗星に興味をひかれたことが、判断を狂わせたのである。

書き出しをあやまったのは初めてのことで、私は恥しく、その原稿をなんのためらいもなく灰にした。

私はあらためて資料を詳細に点検し、事変の起る三年三カ月前から書き起すのが最適と考え、原稿用紙にむかった。このようにすれば、事変が起る原因を十分に書くことができる。

私は、新しく小説を書く時、かなり前から準備をし、執筆に入るのを常としている。その折も、締切りにはかなりの間があり、私はあらためて小説を書き進めた。

新聞小説の一日分は四百字詰め原稿用紙三枚で、私は毎日、小説を書きつづけた。私は力をこめて書き、八十四日分まで書き進んだ。

そこで私は、またしても筆をとめた。いつしか筆がにぶりはじめ、それ以上書くことができなくなったのである。

桜田門外の変は、尊王攘夷論者によって起された事件で、開国論者であった井伊大老に対する激しい憎悪から暗殺が決行された。私は、史書にある、通り一ぺんの抽象的な解釈を鵜呑(うの)みにして、尊王攘夷論を書いてきた軽率さを、その時点で初めて気づいたのである。

これは基本的なあやまりであり、私はこのまま書き進めば、小説『桜田門外ノ変』は、なんの意味もないものになるのを感じた。

二度にわたる書き出しのあやまりで、私は、自分の愚(おろか)しさに呆れた。長い間、小説を書いてきたのに、大彗星に眼がくらみ、事変の基本となる社会思想を把握もせず筆を起したことが恥しかった。

落胆とは程遠い気持で、私は自分が情なく、にやにや笑いながら二百五十二枚の原稿用紙を手に庭に出ると、百円ライターですべて焼却した。

このように二度も原稿用紙を焼き捨てたことは初めてで、あらためて小説には書き出しが重要であることを思い知らされた。

そのようなにがい経験があるので、現在書く準備を進めている小説の書き出しも、どのようにするか、考えに考えぬいている。思い悩むことが多ければ、いつかは満足すべき書き出しを思いつくはずで、これは長い間小説を書いてきた私の、確たる予測である。

キス

江戸時代、商品を運ぶ廻船(かいせん)が、しばしば漂流の憂目(うきめ)にあった。随一の商業都市であった大坂から最大の消費都市の江戸に物資をのせてむかう途中、暴風雨にまきこまれて沖に吹き流され、黒潮にのってロシア領から北アメリカ方面に漂い流れる。

船の多くは沈没したが、奇跡的にも陸岸に漂着し、異国で生きる者もいた。それらの中には、これも奇跡中の奇跡だが、中国をへて日本に帰着する者たちもいた。

鎖国政策をしく日本では、これら漂流民を異国の宗教に帰依(きえ)しているのではないかと疑うが、その疑いがはれると、貴重な外国事情を知る者として扱う。

かれらは奉行所で役人から詳細な質問を受け、その吟味書が数多く残されている。漂流民たちは、異国で見聞した軍事、経済、生活慣習等について答え、言語についてもふれている。

かれらは、たとえば英語圏の異国で生活している間、日常必要な英語を耳にしたものをメモしたりして頭にきざみつける。それらが、吟味書につづられている。

たとえば水（WATER）などは、聴いたままにワタ、ワラなどと記されている。〝かたじけのうござります〟は英語でサンキョウ（THANK YOU）、〝お早ようござります〟はグーモー（GOOD MORNING）と記されている。

当時、日本ではキスの風習がなかっただけに、漂流民たちは異国人たちのキスする姿に仰天した。それだけに、どの吟味書にもそのことが必ず記されている。

キスとして、ある吟味書には「互いに口をなめ合うこと也」とある。また、他の吟味書には、「互いに口を強く吸い、チュウと言う也」と表現している。

そして、これらのキスの説明の後尾には、必ずと言っていいほど、「甚だけがらわしき風俗也」と嫌悪の情をしめしている。この記述に、漂流民の驚きがいかに大きかったかが知れる。

私は、ある吟味書で漂流民が、キスをキシと陳述しているのを眼にした。この漂流民には、キスがキシときこえたのだろうと思い、さらにその吟味書をしらべてみた。

ところがその吟味書で陳述した漂流民は、東北地方出身の船乗りであった。現在でもそうだが、東北地方ではスとシの用法が乱れている。このような発見が、私には楽しい。

紺色の衣服

江戸時代には廻船（輸送船）の漂流事故が多発していた。当時の廻船は内海航路専門で外洋を航海するのには適していなかった。

日本列島沿いには黒潮が流れ、気象の悪化で船が沖に吹き流されると、黒潮に乗って遠く流される。船が覆没したり、食料、水が尽きて乗組員が死亡するなど、生還者はきわめて稀であった。

私は、これまで漂流を素材に六篇の小説を書いてきたが、漂流民の生地では民間人による研究がさかんであるのが特徴である。漂流というものに、ロマンを感じるからだろうか。

資料調査のために漂流民の生地へおもむくが、二百年前、ロシア領に漂着した石巻（宮城県）の船に乗っていた太十郎という船乗りが、ロシアから持ち帰った衣服が現存しているのを耳にした。

漂着した異国から持ち帰った品々は、原則として奉行所で取調べを受けた後、没収される。衣類も例外ではないのだが、太十郎がロシアで着ていた衣服がその子孫の家に残されているという。もしもあるとすれば、漂流民の持ち帰った唯一の衣類ということになる。

私は、その家におもむいて見せていただいたが、当主の亡父が、冬、山に入る時に必ず着ていた由で、そのためすり切れてしまっている。紺色の分厚い詰襟服であった。貴重な物を見たことに、興奮した。

その後、石巻の研究団体から漂流民についての講演に招かれ、おもむいた。その折り記念館に展示されているその衣服を見たが、私はぎくりとした。

詰襟の服が一層すり切れ、生家が紡績業である私の眼に繊維がさらに弱っているのが感じられた。恐らく、家人が訪れてくる人に取り出して見せていることを繰返しているうちに、傷みが増したのだろう。

私もその責を負う一人だが、私は、研究団体の方に、日本でただ一つの貴重な品物であるのだから、十分な保存方法を考えて欲しい、と言った。

その後も気にかかっていたが、やがて研究団体の事務局員から、その衣類が文化財として保管されることになったというお手紙をいただき、それを報ずる新聞記事も同封されていた。

私は、安堵した。後の世にまでそれが伝えられることが嬉しかったが、その衣類を廃棄することもせず保存していた太十郎の御子孫に感謝の念をいだいた。

濁水の中を行く輪王寺宮

私の生れ育ったのは、山手線沿線の日暮里町である。

幕末の江戸切絵図には、「根岸、谷中、日暮里、豐島邊圖」としておさめられ、大半が田地とされている。高台から眺めると「日の暮るるを忘る」ほど景色が良く、江戸名勝地の一つとされていたことから「日暮しの里」日暮里となったのである。

駅をへだてた台地には、広大な谷中墓地がひろがっていて、少年時代、そこは恰好な遊び場であった。幸田露伴が小説『五重塔』のモデルとしたと言われる五重塔は、戦後、塔内に入って心中した男女の放火で焼失したが、その前は桜並木で、広い舗装路は今流のジョギングをする場所でもあった。

或る朝、一つの墓所の周囲に縄が張られ警察官が立っているのを不審に思って見ると、樹木の太い枝から白い着物を身につけた女の縊死体(いしたい)が垂れているのを眼にして、あわてて墓地から走り出たこともある。

墓地は上野まで伸びていて、私は墓地をぬけて上野公園まで歩き、動物園や科学博物館などに入ったりした。

公園に行く折には、必ず寛永寺の境内を通ったが、幕末に寺の門主であった輪王寺宮を擁した彰義隊が上野の山に立てこもって、江戸を占領した官軍と戦ったことを、いつの間にか知った。

彰義隊は、わずか一日で敗れ、隊員たちは山からのがれている。その折の話が断片的に町の人たちに語りつがれ、逃げてきた隊員が農家に入って百姓姿に身なりをかえ、刀を土中に埋め、それが上野の山の戦いの後、多量に掘り起されたともいう。

江戸時代からある町の「羽二重団子」の店内には官軍のものと思われる球形の砲弾が置かれ、道をへだてた善性寺には彰義隊の屯所が設けられていたという。

そんなことから、輪王寺宮を主人公に、彰義隊のことを小説に書こうと思い立った。

調査に入って知ったことは、官軍の総指揮にあたった大村益次郎の巧妙な作戦である。かれは、上野の山から脱出する彰義隊員の敗走路を故意にあけておいた。

完全包囲すれば、彰義隊員は死にもの狂いに戦い、それだけ味方の損害もふえることを恐れたのである。

敗走路は、日暮里、根岸方面で、そのため私の生れ育った町にも彰義隊員が官軍に追われて逃げてきたのである。

輪王寺宮は、従者とともに寛永寺を出て山を下り、根岸方面にのがれている。その逃避行を記録した文書には、豆腐料理店の「笹乃雪」のかたわらを過ぎたことが記されている。

そのため「笹乃雪」に電話をかけてみると、寛永寺との関係があきらかになった。「笹乃雪」は元禄年間、京都で豆腐料理屋を営み、寛永寺の初代門主となった皇族から江戸についてくるように言われ、それに従って根岸に店を開いた。

そうしたことから、代々寛永寺に豆腐をおさめ、輪王寺宮もその店の絹ごし豆腐を愛好していたという。

日暮里町は、江戸時代、谷中生姜(しょうが)といわれる上質の生姜の産地で、町の者たちはそれを寛永寺に献上していた。

宮は、三河島(当時は村)方向へのがれ、現在の宮地ロータリーの近くの植木屋に身を寄せる。

その地一帯は寛永寺の寺領で、植木屋は、江戸城と寛永寺出入りの江戸屈指の格式をもち、広い敷地には多くの樹木が植えられ、二十基以上の石灯籠(いしどうろう)も据えられていた。

梅雨期の頃で、江戸の各所で出水騒ぎがあり、三河島村も膝上まで水につかっていた。

荒川区立図書館の協力を得て、私は、その植木屋の子孫の家を訪れた。植木屋は、ペリー艦隊来航時、伊豆代官江川太郎左衛門が品川沖にお台場を建設した折、多くの労務者を提供したことから家産が傾き、現在では呉服商を営んでいる。

その植木屋にも官軍の探索の手がのび、宮は尾久村へ身を移す。移動は、豪農の家に備えられた舟が利用され、従者が宮の乗る舟を押してゆく。

各村の村民たちの協力が、まことに印象深い。日頃から農作物その他を寛永寺に献上し、正月には村人たちが寛永寺に行って餅をつき、境内の清掃につとめている。かれらは尊崇する宮をかくまうことに専念し、逃避行に力をつくす。

そのうちに追手が迫り、奇跡的に尾久村を脱出して浅草合羽橋近くの東光院に身をひそめる。寛永寺と関係の深い寺なのである。

そこも危険になり、さらに市谷の自証院に移る。すでに江戸市中には宮の人相書きが配布されていて、自証院の近くの主要な建物にも官軍が踏み込んで探索が繰返され、宮は自証院をはなれ、鉄砲洲の廻船問屋に潜行する。

その家まで行く途中、官軍に見とがめられぬよう、自証院出入りの医者の弟子として道を急ぐ。当時は医者は剃髪していて、僧である宮は弟子に扮するのに好都合であった。

宮は、深夜、廻船問屋の小舟に乗って羽田沖に碇泊していた榎本武揚艦隊の「長鯨丸」に乗り、奥羽地方へのがれる。

私の筆は、そこでとどまっている。連載小説の発表は、まだ先のことなのである。

輪王寺宮は、その後、北白川宮能久親王となり、ひ孫の道久氏には、鹿児島県令にもなった土佐藩士岩村通俊のひ孫岩村和俊氏の引合せでお会いし、お話をうかがい、資料も提供していただいた。

氏は、現在伊勢神宮の大宮司の任につかれていて、優雅な感じの方で、輪王寺宮もこのようなお人柄であったのか、と想像する。

氏の顔をながめながら、腰のあたりまでつかる濁水の中を深夜、逃げのびてゆく宮の姿を思いうかべた。

「漂流」から始まった日本とロシアの交流

戦国時代から江戸時代にかけての日本人は、とかく南方へ多くの関心を寄せていた。朝鮮、中国はもとよりはるか南のヨーロッパに……。

いわゆる鉄砲伝来で知られるポルトガル人の種子島漂着は、天文十一年（一五四二）または十二年とされ、商船が十九年（一五五〇）に平戸に入港し、ポルトガルとの貿易がはじまった。

さらに二十一年後には、長崎港が貿易港としてひらかれ、それと同時に宣教師によるキリスト教の布教が本格化している。

江戸に幕府が創設され、やがて幕府はキリスト教の布教を厳禁し、鎖国令を発して貿易をオランダ、中国の二国にかぎった。その政策は幕末までつづき、ことにオランダとはシーボルトをはじめとした人物の交流もさかんで、それにともなってヨーロッパの文物の知識が導入され、日本に多くの文化的利益をもたらした。

このように日本人の眼はひたすら南方にそそがれ、北にむけられることはなかった。北方に位置するロシアは、海をへだてた隣国でありながら、物資の交流はむろんのこと、人の往き来も絶えてなかった。

日本の廻船は、島国である日本の港々に商品を運ぶ内海航路専一の性格を持っていた。西洋の大型帆船は、その構造上、外洋航海が可能で、外地から多くの物資を本国にはこび、人間の海外進出もさかんであった。それとは対照的に、日本は多種多様の豊かな産物に恵まれていたので、外地から物資を入れる必要はなかったのである。

そのような事情から、日本の廻船は内海航海に適した構造をもち、外洋航海は不可能であった。そのため、日本の北方に位置するロシア領へ船がおもむくことはなかったのである。

そうしたことから、ロシアとの交流は皆無で、しかし、海流が日本とロシアをわずかながらもむすびつける糸になった。

日本の太平洋に面した海域には、大潮流である黒潮が流れている。南から流れてきた黒潮は、地球の自転作用によって日本の沿岸ぞいに北上し、ロシア領のカムチャツカ半島方面から北アメリカ方面へと壮大な幅と勢いで流れている。

日本最大の経済都市である大坂（明治初年までは、大阪にあらず大坂という地名であった）から、最大の消費地江戸に物資を積載した多くの廻船がむかったが、途中、暴風雨に遭遇して沖に吹き流されると、恐るべき黒潮に乗せられ、太平洋上を北へ流された。

廻船は、構造上、外洋の極度の風波に弱い。各港々で荷の積み卸しを容易にするため、水密甲板がないので波が船に打ち込む。港は河口にもうけられていたので、浅い川に入れるよう舵（かじ）は引き揚げ式になっていて、そのため不安定で波に打たれて破壊する。

船乗りたちは、船の覆没を防ぐため積荷を海に投棄し、船が横倒しになるのを恐れて、太い帆柱を切り倒す。

舵と帆柱を失った船は航海の自由を失った、ただ洋上を漂い流れる容器と化すが、それらの船を造った船大工の技倆が秀れていたため風波にもてあそばれても沈むことなく、漂い流れてゆく。

長期間、漂流しているうちに、飢えと渇きで乗組員たちはつぎつぎに息絶えるが、生きながらえて陸岸を眼にできる者もいる。世界地図を見ればわかるが、黒潮の流れる先にはロシア領のアリューシャン列島、カムチャツカ半島がある。

このような自然現象によって、日本人は漂流民として潮流に乗ってロシア領に漂着した。

記録に残るロシアへの最初の漂流者は、デンベ（伝兵衛）であった。

元禄八年（一六九五）、伝兵衛は船荷監督の役として大坂の淡路屋又兵衛船（十五人乗り）に乗って江戸にむかったが、途中、暴風雨に巻きこまれて破船、漂流した。

翌年、船は幸いにもカムチャツカ半島に漂着したが、船は土着民に襲われて船乗りたちは殺されたり逃亡したりして、伝兵衛も捕えられて奴隷として酷使された。

その方面には、定期的にコサック兵が巡回していたが、コサック隊長のアトラソフが伝兵衛を見出し、保護した。

伝兵衛は、わずかながらもロシア語を話せるようになっていて、アトラソフの質問に大坂から江戸へむかう荷船が遭難し、流れ流れてカムチャツカ半島に漂着したと、手ぶり身ぶりで説明した。伝兵衛は大坂をオザカ、江戸をイエンドと発音したので、アトラソフは伝兵衛をインドのオザカ地方に住むインド人と考えた。

アトラソフは伝兵衛の印象について、

「かれはギリシア人そっくりである。瘦せていて鼻鬚は少く、髪は黒い。性質はおだやかで理知的である。自国の文字を書くことができる」

と、報告書に記している。

その後、伝兵衛は、日本文で自分の素性を、

「万九ひち屋、たにまちと本りにすむ立川伝兵衛」

と、書き記した。ひち屋とは質屋、たにまちと本りとは谷町通りで、質屋業を営んでいたことが知れる。

伝兵衛は、モスクワに送られ、ピョートル一世に拝謁した。その時には伝兵衛が日本

人であることがあきらかになっていて、日本事情について述べた。

日本に関心をいだいたピョートル一世は、伝兵衛にロシア人子弟に日本語を教えるよう指示し、それにしたがって伝兵衛はロシアの少年たちに日本語を教えた。

ついで宝永七年（一七一〇）に破船した日本の廻船が、カムチャツカ半島に漂着。乗組みの者は原住民に殺されたり病死したりして、サニマ（三右衛門）がペテルブルグに送られ、日本語学校で伝兵衛の助手として日本語の教授にあたった。ロシアは、将来、日本との通商を予測して、漂流民の日本人を日本語教師とするのを常としていた。

むろん漂流民は祖国日本へ帰ることを切望していたが、ロシア政府はかれらにロシアの女性を近づかせ、異国での孤独な生活に苦しんでいたかれらは、欲望をおさえきれずロシア人女性の肌にふれ、教会で婚姻の式をあげ、洗礼名を受けた。日本はキリシタン禁制で、洗礼を受けたことで帰国の望みは完全に断たれ、かれらはロシアの土に化したのである。

伝兵衛の死後、享保十三年（一七二八）に薩摩（鹿児島県）の港を出た「若潮丸」（十七人乗り）が、大坂へむかう途中、嵐に遭遇、風波にもまれて太平洋上に吹き流された。船は六カ月余漂流の末、カムチャツカ半島に漂着。コサック隊の襲撃によってほとんどが殺され、生き残ったソーゾー（宗蔵）、ゴンゾー（権蔵）が、コサック隊長に酷使された。その後、赴任した代官がこれを知り、隊長を処罰するとともに、二人を保護した。

宗蔵と権蔵は、ペテルブルグに送られ、女帝アンナの謁見を受け、それぞれ洗礼を受けて日本語学校の教師になった。宗蔵は死に、若い権蔵は才気にめぐまれ、一万二千語をおさめた世界最初の露日辞典を作成した。ただし、そこに記されている日本語は、薩摩語で普遍性には欠けていた。

権蔵は優遇されたが、二十一歳で病没した。南国である薩摩国に生れ育ったかれは、ロシアのきびしい寒気に身をむしばまれたのである。

ついで延享元年（一七四四）、南部藩領（青森県）の「多賀丸」（十八人乗り）が、江戸にむかって出港後、遭難し、翌年五月北千島列島オンネコタン島に漂着した。六カ月余におよぶ漂流中に七名が死亡、上陸後間もなく沖船頭が死に、残る十名はオホーツクに送られた。さらにペテルブルグに連れてゆかれ、かれらも日本語教師として妻帯し、望郷の念にもだえながら死亡した。

天明二年（一七八二）には、伊勢国白子（しろこ）浦の「神昌丸」が、江戸へむかう途中、駿河沖で漂流、一人が死亡した。

「神昌丸」は八カ月後、アリューシャン列島のアムチトカ島に漂着、在島中に七人が病死した。九人はイルクーツクに送られたが、途中、三人が病死し、庄蔵は凍傷で足の切断手術を受けた。

沖船頭大黒屋光太夫は、ペテルブルグにおもむいて、女帝エカテリーナ二世に謁見した。

ここまでは、それまでの日本人漂流民と同じであったが、光太夫の切々とした帰国の願いを女帝が受けいれた。これは女帝が日本との交流の時機が到来したと判断したからで、ラクスマンを使節に日本へ送ると同時に、日本人の漂流民を送りとどけようとしたのである。

その間に一人が病死し、庄蔵と新蔵は教会で洗礼を受けていて、光太夫は小市、磯吉とともにラクスマンに従って根室に帰着した。その直後、小市も病死し、江戸に送られたのは光太夫と磯吉のみであった。

この光太夫らの帰国によって、日露関係は新たな段階に入った。ロシアは現実的に日本を魅力にみちた隣国と意識し、ラクスマンは通商開始を要求したが、幕府は、交渉は長崎以外ではおこなえぬ国法がある、と拒絶した。

これによってロシア政府は、文化元年（一八〇四）に使節レザノフを長崎に派遣、通商条約の締結を求めた。

しかし、幕府は、通商は国禁で許すことができないので、すみやかに退帆せよと告げた。六カ月も長崎に釘づけになって回答を待っていたレザノフは激怒し、長崎を去った。

レザノフは、日本を威嚇して通商の道をひらくべきだと考え、文化三年、軍艦を派遣し、日本の支配下にあった樺太南部を襲い、物資を掠奪して放火し、番人四名を捕えて拉致した。

さらに翌年には、千島列島の択捉島に乗組員多数が上陸、番人、稼方を捕え、物品を奪い、番屋、倉庫などを焼いた。日本の役人たちは周章狼狽して逃げまどい、さらにロシア人がまたも上陸して、米、武器等を大量に奪い、南部藩火薬師大村治五平らを捕えた。

ロシア人の乱暴はこれにとどまらず、番屋、倉庫船を焼きはらい、転じて利尻島に上陸、掠奪、放火をほしいままにした。

報せを受けた幕府の動揺は激しく、奥羽諸藩に出兵を命じ、北辺防備につとめた。

文化八年（一八一一）、ロシア艦が千島に測量のため来航、艦長ゴロヴニンが上陸し、日本側はこれを捕えて拘禁した。

やがてゴロヴニンを釈放し、これによって日露間の緊張はやわらぎ、両国の関係は鎮静化した。

その後、日本をめぐる国際情勢は急激に変化した。幕府は、鎖国政策を堅持することが困難であるのを認識し、開国への道を歩みはじめる。ロシアも、ヨーロッパ諸国と足並をそろえて、日本の開国促進に参加するに至った。

ロシア政府は、プチャーチンを使節に、嘉永六年（一八五三）四隻の軍艦を長崎に派遣した。使節の目的は、日露両国民の混住する樺太、千島列島の国境画定と通商条約の締結であった。一カ月前、すでにペリー艦隊は、浦賀に来航していた。

日本側は、大目付筒井政憲、勘定奉行川路聖謨（かわじとしあきら）が応接し、談判にあたったが双方の主張がかみ合わず、妥結には至らなかった。

一方、アメリカとの間には日米和親条約の締結をみて、それにうながされるように日露全権は会議場を伊豆下田に移し、基本線の合意をみて日露和親条約がむすばれた。

国境画定問題は、その後も論議がかさねられ、樺太、千島交換条約が調印された。樺太をロシア領とする代りに、千島を日本領とするというものであった。

すでに、日本にとってロシアは至近距離にある隣国という認識が定着していたが、文化年間に日本の北辺を襲い放火、掠奪をほしいままにした恐るべき国という意識が根強く残されていた。

さらに幕末には、ロシア軍艦の対馬滞泊事件が起って、ロシアに対する警戒心はさらにつのっていた。

文久元年（一八六一）二月、ロシア政府は軍艦「ポサドニック号」を対馬に派遣した。日本海から東シナ海に通じる海峡の中央に位置した対馬は、あらゆる面で重要な意義を持ち、その占領をくわだて、芋崎浦に入泊したのだ。

乗組員が上陸し、兵舎を建設するなど永住の建設をととのえた。非力な対馬藩は、対策をとることもできず、おろおろするばかりであった。

そのうちに島民と乗組員の間に衝突事件が発生し、島民が殺されて事態は険悪化した。幕府から外国奉行小栗忠順、目付溝口八十五郎が派遣され、退去をもとめたが、船長は断じて退去しないとつっぱねた。

島民の抵抗はさらに増し、そのうちにイギリスは軍艦二隻を派遣して、強硬な抗議をおこなった。イギリス自身も極東における利害を考え、ロシアに対馬を占領されることは好ましくないと判断したのである。

このイギリスの圧力によって、ロシア軍艦は退去した。

この事件によって、ロシアは日本にとって、警戒すべき隣国という意識がさらに強まった。

明治に入ってからもロシアに対する恐怖感はそのまま持続し、日本を訪れたロシア皇太子ニコライを傷つけた大津事件も、それによって誘発した事件であった。この事件で、ロシアは武力行動に出る恐れがあると考えられ、天皇をはじめ政府の要人すべてがひたすら陳謝することにつとめた。

幸いにして、その努力は功を奏し、事件は解決をみた。

ロシアに対する恐怖感は、国民すべてに浸透していたが、それは、日本の近代国家への道を促進させるのに効果があった。

この大津事件にしても、皇太子を傷つけた巡査津田三蔵に対する処罰にそれがあらわれている。閣僚のすべてが、三蔵を死刑にすべしという強い意向をいだいていたが、法律関係者をはじめ新聞人も、たとえ傷つけたのが皇太子であるとしても、傷害事件として無期刑に処すのが穏当という意見が支配し、その通りになった。

ロシア側もそれを諒承したが、この事件の法的措置は、日本が近代国家としての形をととのえた証拠でもあった。

漂民のデンベがロシア領に漂着して以来、日本とロシアとの間の交流は次第に太い流れとなり、やがて時代は日露戦争へと移行してゆく。

鎖国と漂流民

和船を飲み込む黒潮と太平洋

――吉村さんは海について大変関心が深く、さまざまな著作があります。なぜそれほど海に惹かれるんでしょうか。

吉村　私は東京の下町育ちですから、海は遠い所にあるもので、あこがれがあったんでしょうかね。『ロビンソン・クルーソー』とか『宝島』は少年時代によく読みました。日本の「漂流記」は、二十歳過ぎてから読み始めたんです。

江戸時代の日本の船は帆柱一本に横帆一枚の弁才船と言いましたが、陸路の輸送より圧倒的に有利なため、発展しました。例えば越後（新潟）から陸路で江戸へお米を千俵運ぶとすると、二俵を振り分けで一頭の馬に載せますから、五百頭の馬が必要です。一頭の馬に馬引きが一人つくので、五百人の人手がかかる。一日の行程を終えて宿場に着くと、馬の背から米俵を下ろして蔵に運び込むんですが、これには一晩の保管料がかかります。翌朝、蔵から出した米俵を馬の背にくくりつけ、また進む。毎日、馬には飼料を与えなければならないし、馬引きには賃金を払わなければなりません。途中には山や川があって、馬も人も難渋しますから、陸路で荷を運ぶのは近距離に限られていたのです。船なら十人足らずの船乗りがいれば、千俵の米を積んで、風を受けて江戸まで運べるわけです。費用は陸送の場合とは比較にならないほど安くすみます。

船は越後を出港すると日本海を陸沿いに南下して、下関海峡を抜けて瀬戸内海に入り、大坂や兵庫に着きます。大坂は、当時、国内で商業が最も発達していましたから、全国各地からいろんな物産が集まってきます。それをさらに江戸に運ぶのですが、これが難関だったのです。

紀伊半島最南端の潮岬(しおのみさき)を通り抜けると太平洋に出ます。この太平洋が江戸に向かう船の最初の大難所なのです。太平洋には日本列島沿いに南から北へ黒潮が流れています。これが難所の原因でした。青い海原の中を時速十キロぐらいで瀬のように速く流れる黒ずんだ潮なので、黒潮とも黒瀬川とも言われていました。この大潮流は地球の自転と関係していて、世界の海をグルッと一回りしているのですが、日本から北上してカムチャツカ半島方面に向かい、さらに北アメリカに流れていくのです。ですから、舵も帆もなくなってしまった難船がこの流れに乗ってしまうと、いくら岸へ行こうとしてもだめなんですね。

——沿岸を航行すればいいだけの船ですから、水が船内に入らないようにする水密性もないですしね。

吉村　そうなんです。甲板というものがないんですよね。なぜかというと、内海航路で港に着くとすぐ荷物を下ろしたり入れたりしますから、甲板がないほうが有利だった。そこに、日本の船が外洋航海に適さない大きな要因がありました。

それから、当時の港は河口からちょっと入ったところにできていたために、港に入るときは船尾の舵を引き上げる方式になっていて、大時化(おおしけ)のときに押し寄せる激しい大波に弱く、舵の羽板が砕かれ、破壊されやすいんです。舵が砕けると船はあてもなくさまようことになります。そういう状況で、船乗りたちは死を免れようと、儀式のような行動をとるんです。まずちょんまげを切って、ざんばら髪で「なにとぞなにとぞご加護を」と神仏の名を唱和します。それでもだめだと「刎ね荷(はには)」と言いまして、積んでいる荷物を海に投げ捨てて船を軽くする。荷物を捨てることは、船主に莫大な損害を与えることになるけれども命にはかえられない。それでもだめだと帆柱を倒します。帆柱は、太くて重量があり、横からの風圧を受けて船を横倒しにする危険が大きいので、船の安定を図るために倒すんです。

どの漂流記を読んでも、これらの手順は一致していて、みんな同じことをやっているんです。なにか教科書みたいなものがあったんでしょうね。

舵がない、帆がないとなると、これはただの容器にすぎません。名古屋の「督乗丸（とくじょう）」という船は、遠州灘（なだ）で破船して漂流し、一年五カ月後にシアトル沖で発見されました。十四人乗っていたうちの三人がまだ生きていたんです。お米は積んでいたようですが、途中で暴風雨も台風もあっただろうし、よく浮いていたなと感心しました。

――考えられませんよね。

吉村　実際に復元したものを新潟県の佐渡で見たことがあります。船板も厚いですし、鋲も真鍮（しんちゅう）ですから、これならどんなに揺れて揉（も）まれても一年五カ月くらい大丈夫だと納得しました。

三人の大統領と会った漂流民彦蔵

――当時は鎖国体制で、幕府が禁止していて、外洋船が造れなかったんでしょうか。

吉村　それが定説みたいになっていますが、幕府が外洋に行く船を造ってはならぬという禁止令を出したことはないんですよ。日本の船は、外洋へ行く必要がなかったんです。日本にはいろいろな産物がありましたから、輸入の必要のない国だったのです。

日本の内海航路も、江戸時代にはおそらく世界でもいちばん発達していたのではないかと思います。港湾設備も整備され、港ごとにある天候を判断する日和山(ひよりやま)の頂(いただき)には風向きをはかる方位石が据えられ、灯台の役割をする常夜灯も各所に備え付けられていました。航路もほぼ確立し、元禄時代には日本の内海航路は世界屈指のものになっていました。

――それでも天候の激変に遭い、暴風雨や大時化に巻き込まれて命を亡くされた方は、とても多かったのでしょうね。

吉村 遭難すればほとんどが沈没したんじゃないでしょうか。どこかに漂着したとか、外国船に助けられたというのは本当にまれな例でね。幸運にも通りかかった外国船で使役されながら香港(ホンコン)などにたどりついて、そこから長崎に戻って来た例もありますが、きわめて少ないんです。

長崎に帰ってきても、当時は鎖国で、しかもキリシタン禁制ですから、日本から外に出てしまった者は奉行所で厳しい吟味を受けるわけです。そういう吟味書がたくさん残っています。キリシタンではないと疑いが晴れると幕府が学者に命じて異国での体験を口述筆記させる。それが漂流記になっているんです。

――一六九五年(元禄八)、大坂の淡路屋又兵衛船(十五人乗り)が江戸へ航行中に漂流、翌年にカムチャツカ半島南部に漂着。伝兵衛のみが生存し、日本語教師となる。これが漂流記として残っている最初ではないかと、お書きになっていらっしゃいます。

それから、幕末の一八五〇年（嘉永三）、摂津国の「栄力丸」が江戸へ向かう途中、遭難して漂流、アメリカ船に救出される。最年少の彦蔵はアメリカで教育を受け、大統領リンカーンと会うなどしてジョセフ・ヒコと改名、漂流から九年後に日本へ帰着。これが吉村さんが書かれた『アメリカ彦蔵』の主人公になるわけですね。

吉村　そうです。炊事係の「炊」として乗った船が嵐に遭って、十三歳の彦太郎が漂流して、アメリカ船に救出される。それでアメリカのサンフランシスコに連れていかれるんです（上陸後、彦蔵と改名）。

そのころは、アメリカから中国へ織物など紡績関係の商品を運ぶ貿易船や、鯨の大群をねらった捕鯨船が、ハワイを基地にして日本近海に殺到していました。太平洋上にはそういう帆船、蒸気船が非常に多く航海していたので、漂流船も発見される可能性が高くなっていたんですね。

彦蔵は、汽車に乗ったり、無線電信を見たり、そのころのアメリカの進んだ文明を知ったのです。また、時あたかも南北戦争の最中で、いろいろな体験をしたのですが、特におもしろいのは、三人の大統領と握手していることです。

――そんな体験を持った日本人というのはまれですよね。

吉村　日本人では初めてです。十六歳のときにピアース（第十四代）と、二十歳でブキャナン（同十五）、二十六歳でリンカーン（同十六）の、三人の大統領です。

――彦蔵をかわいがってくれたアメリカ人のおかげで、学校にも行ったんですね。

吉村　そうです。裕福ないい家庭にホームステイさせてもらって、学校にも通いました。そこのご夫婦が教会へ行くので、彦蔵も教会に行くようになり、やがて洗礼を受け、ジョセフ・ヒコという名前をもらった。でもこれでキリシタンとなったのだから、日本に帰れないのではないかと悩むんですね。

――これで日本とはもう縁が切れてしまうかもしれないのですから、大変な決心が必要だったでしょうね。

吉村　ちょっと脱線しますが、ぼくは歴史小説を書くので、よく人に「資料調べは大変でしょう？」と聞かれるんですが、全然そういう苦労はないんです。あそこにありそうだなと思うと、欲しいものが必ずある。資料のほうから、顔をのぞかせているみたいなんです。

例えば『ニコライ遭難』という小説を書いたときのことなんですが、明治二十四年（一八九一）にロシアの皇太子ニコライが日本へ来て、お召し艦で各地を回って、長崎港に停泊するんです。まだ二十二歳のニコライは、目の前の美しい長崎の街を見て辛抱できず、とうとうお忍びで上陸します。そのときのことを当時の法務省が記録した膨大な秘密のレポートがあって、それを手に入れたんです。これを見ると、お忍びで上陸して、某鼈甲（べっこう）店に行ったとか、骨董（こっとう）屋に行ってどうしたとか書いてある。でも、もっと詳しいことが知りたいと思ったんです。ぼくの推理では、お忍びで上陸した皇太子を、日本側が警護も兼ねて私服の刑事を十人ぐらい尾行させているはずだと思ったんです。もし、その推理が当たっていれば、警護の極秘記録があるはずだ、と。

それで長崎市の図書館に行くと、資料室の前の展示室に何か古い書類を展示しているのです。近寄ってケースの中を見ると、「露国皇太子御来航一件」と書いてあるじゃありませんか。表紙には「極秘」。「これだ！」と思いましたね。

――いらっしゃったときに、よくもまた展示されていたものですね。

吉村　まったくね。でも、ぼくは不思議に思わないんです。行けば必ずあると、常に自分に言い聞かせているんです。これはほんの一例ですが、資料探しでぼくは苦労しないんです。

だけど『アメリカ彦蔵』を書いているときにはてこずりました。

「重太郎」か「勇之助」か

――どんなことにてこずったのですか。

吉村　アメリカで、彦蔵は日本から流れついた何人もの漂流民に出会います。

――それだけ多くの人が漂流していたんですね。

吉村　そうなんです。十人ぐらいのグループだったり、一人、二人だったりと、さまざまなんですが、そのたびに彦蔵は、何とか彼ら同胞を日本へ戻してやろうと尽力するんです。ところが、彼がサンフランシスコにいたときに、現地の人が一人の男を連れてきた。アメリカ人かと思ったら、脇差（わきざし）を腰におびているし、風呂敷の包みを持っている。何よりも、日本の着物を着ている。日本人だということがわかって、その人のことを彼は自伝（『アメリカ彦蔵自伝』）に書いているんですが、その日本人の名前を「重太郎」と記しているのです。

　私は彦蔵のことを書きながら、「これは彦蔵を主人公としているが、彼だけのことを書くのではない。漂流民の悲哀を書くんだ」と、自分の日記に書いているぐらいですから、こういう人物が出てくるたびに、その人が何歳であるか、どこで生まれたのか、どういうふうに漂流するに至ったかを全部知らなければ小説を書き進めるわけにはいきません。だけど、「重太郎」という名は、私の持っている資料ではどうしても見つからないので、途方にくれてしまいました。

　そのとき、川合彦充（ひこみつ）さんという方の書かれた『日本人漂流記』という本に年表がついていて、その中に漂流した越後の船の記録があるのを見つけたのです。乗り組んだ船乗りの人数が十二人と、彦蔵の記述と一緒で、生き残ったのは一人だけだった。これじゃないかなと思ったんですが、その生存者の名は「勇之助」というのです。

当時、東大の史料編纂所所長だった宮地正人さんにその話をしたら、そのころのアメリカの土を踏んだ人間の新聞記事を集めた史料があるというのです。その中には彦蔵が滞在していたころの「サンフランシスコタイムズ」があり、読んでいくと、越後の船の難破記事があって、日付などもぴったりと合っているんです。そして、そこに出てくるのは「重太郎」ではなくて、やはり「勇之助」なんです。これはもう「勇之助」で間違いないだろうという確信を持ちました。

新聞記事には、親しくなったアメリカ人が彼を船で下田まで連れていき、そこで下船させたとありました。とすれば、当然、下田で取り調べを受けているはずだと、下田奉行所の記録を見ると、「洋服を着て西洋の人間みたいだ」という「越後の勇之助」の取り調べの記録を見つけたのです。

記録には彼のことを「頭が良くて、英会話がうまいので、幕府で登用して通訳に使われては」という推挙の書類と、「郷里に帰りたい一心だったので、その心情をくみ、領主上杉家の家臣に引き渡し帰郷させた」という報告までありました。アメリカ彦蔵の書いた『アメリカ彦蔵自伝』の翻訳者の話では、記憶違いも含めて誤記が多いんだそうです。

その後、新潟で勇之助について講演をしたことがあるんですが、それを聞いた方から「勇之助の子孫がいます」という手紙が来たんです。訪ねていくと、「勇之助は体格のいい人で、八十まで生きました」と語ってくれました。体格がいいから、彼だけ生き残ったんでしょうね。村では、「唐爺や」と言われていたというんです。「唐」というのは「外国」という意味ですね。

―― 彦蔵はアメリカ海軍による清国や日本の沿岸測量調査隊にも同行したり、日本領事館の通訳官となったりしますね。彦蔵だけでなく、ほかの漂流民も重用された例が少なくないのは、日本人が教養が高く、勤勉だったということなんでしょうか。

吉村　歴史小説を書いていて資料に当たると、江戸時代の日本人の識字率は世界最高だったのではと思います。例えば、犯罪人の人相書きなどは日本では文字による個条書きですが、アメリカなどでは絵だけですからね。

船乗りは船を操れればいいので、平の水夫は平仮名の読み書きができる程度ですけれど、彦蔵が向こうに行って字を書けるというので、とても教養のある人物だと思われたなんてことはあります。船頭ともなると、船主から託された荷物の受け渡しで領収書のやりとりをしなくてはなりませんから、漢字も書けるし読めるのです。ですから、大黒屋光太夫などは漢字の読み書きができるんです。

―― 大黒屋光太夫の所持品を見ると、浄瑠璃本など、相当教養の高い人が持つような書物まで一緒に持っていっていたようですね。

吉村　光太夫は廻船の船宿と回漕業を営む大きな商家に生まれました。廻船の沖船頭を世襲する家の養子となり、成長して沖船頭を務めた人で、当時の国語辞典の『節用集』とか浄瑠璃本を常時手もとに置いて愛読していた教養人です。ロシアに漂着してから、会話はもとよりロシア文字を覚え、綴ることも会得して、見聞したことを克明に記録して帰国しました。

帰国後、蘭学者の大槻玄沢の知遇を得て、蘭学者が集まった「オランダ正月」の席に礼を尽くして招かれ、最上の席を用意されているんです。相当な教養人として認められていたんですね。

日本に海洋文学はあるのか？

――イギリスを中心に、欧米では海洋文学がたくさんあるのに比べ、日本には海洋文学はないに等しいのではないかと言われてきたようです。漂流記を多く読み込み、さまざまな小説をお書きになった吉村さんがごらんになって、日本の海洋文学についてどうお考えになりますか。

吉村　ぼくは、漂流記こそ、日本の誇るべき大海洋文学だと思っているんです。イギリス流の海洋文学が日本に見られない原因は、船の構造、性格の違いによるものなんですね。

イギリスの帆船は二、三本ある太い帆柱に広く大きな帆をいっぱいに張って洋上を進み、外洋航海を可能とする大型で水密性の高い構造です。航海は世界の至る所におよび、おのずから海と陸を舞台にした壮大な海洋文学が生まれたわけです。

ところが日本の船は、もっぱら内海航路を航行することだけを目的に建造された、外洋航海には不向きなもので、欧米の帆船とは基本的に異なります。「地見航海」と言って、岸を視認して行き来するため、陸地から見える範囲の海とか、内陸部しか見ていない。ですから、イギリスのような海洋文学は生まれなかったんです。

しかし、漂流記は和船が外洋に放り出されたときから始まる一大ドラマなんですね。死の危険にさらされ、乗り組み仲間が死亡したり発狂する姿を見ながら、強靱な意志で耐え抜く。帰還者の話は蘭学者などによって漂流記としてまとめられました。未知の漂着地での慣れない生活を生き抜き、生還を果たすまでの規模の壮大さ、内容の深さで、漂流記は江戸時代の日本独自の海洋文学として、光り輝く存在だと思います。

――漂流記の魅力は、歴史に目を向け、いろいろな面から楽しみが求められるものなのかもしれませんね。

吉村　第一級の海洋文学の内容と質を持っていますし、史実をもとにしたすぐれた記録文学の遺産として大切にしていきたいものです。

私と長崎

長崎からの依頼は断れない

――こちらのお宅、静かですね。何年くらいお住まいですか。

吉村　もう、四十年になりますかね。

――きょうは（取材を）ご快諾いただき、ありがとうございます。

吉村　長崎の方には（インタビューを）断るわけにはいかないですよね（笑）。いろいろお世話になっているから。

――さっそくですが、最近長崎にいらしたのはいつでしょうか。

吉村　今年は行ってないんです。（長崎に行ったのは）去年（二〇〇四年）の五月ですね。客船が進水するというので、呼ばれましてね。

――火事になった「ダイヤモンド・プリンセス」が名前を「サファイア・プリンセ

ス」に変えたやつですね。

吉村 そうそう、前にその焼けたヤツを見に行ったんです。テレビで火事のニュースをみたとき、「武蔵」を書いているもんだから、船が焼けるのを見るのがつらくてね。当時、随筆を書いてくれという依頼があったときに、「いやだ」と断った。売り込みみたいだからね。それで、「投書する」といったんです（笑）。初めて投書したところ、「（吉村昭という）同姓同名だが本物か」といって、新聞社でずいぶんゴタゴタしたらしい（笑）。

――長崎新聞の声の欄ですか？

吉村 そう。結局、本人と確認できて載せてもらったんだが、お礼が図書券でした。千円のね（笑）。

――反響はいかがでしたか。

吉村 造船所の所長さんが感激して手紙くれたんです。（長崎に）きてくれというので、それで行きました。二泊三日でした。そのあとが去年の進水式と講演会でした。

――そのとき「武蔵」の資料が県立図書館で展示されて、先生の講演がありましたね。

吉村 そう。あのときさきに医学関係の講演が決まったところに、県立長崎図書館が（企画を）ぶっつけてきた。お世話になっている図書館からの依頼は断れない。で、条件を出しました。「謝礼なし」と（笑）。「それじゃ困ります」というんで、「それでなきゃ行かない」といったら条件を呑んでくれて、それで謝礼なしの講演会をやりました。

――あのとき図書館に展示された資料は先生のものですか。

吉村　いや、図書館所蔵のものと三菱が未公開の資料を出してくれた。ぼくはぼくで大学ノート六、七冊だったかを出しました。

――創作日誌ですか。

吉村　そうです。

心臓移植の取材もまた長崎

――創作ノートはいつからのものですか。

吉村　私が最初長崎にいったのは昭和四十（一九六五）年です。そのときからのノートです。

――最初の長崎からですか。

吉村　そう。三十八（歳）のときでね。芥川賞候補に四回なっただけで、受賞できない無名作家です（笑）。もう、女房（津村節子）は芥川賞受賞していましたがね。ぼくは会社を辞めて退職金もあったんで、長崎に行ったんです。

――戦艦武蔵の取材ですよね。

吉村　そう。三菱造船所に行きました。図書館にも行った。そのときお会いしたのが（図書館長の）永島正一さんでした。それから、長崎に行くと必ず図書館に寄りました。永島さんとは銅座の小料理屋「はくしか」で一杯飲むというのが恒例になっていました。

――そうですか。

吉村　そしたら、十四、五年前かな、永島さんが、「吉村さん、きょうで（長崎来訪）六十五回めですよ」という。記録とってたらしいんですね（笑）。ぼくも、年に三、四回行った時期があったから、「そのくらいきたかな」って思いました。それから自分でも数えはじめた。

――それほど長崎に通われた。

吉村　ちょうど百回めのときには、知事の高田勇さんが、「長崎奉行」という焼き物をくださった。で、記念講演をしました。去年の長崎行で百七回です。

――毎回取材のためですよね。

吉村　そう。よそに取材にいっても長崎に戻っちゃう（笑）。たとえば利尻島ね。あそこに幕末に捕鯨船が難破して上陸したアメリカ人のことを取材にいった。そしたら彼は長崎に送られたというので、「また長崎か」となった（笑）。そんなことで、なんでも「また長崎」なんです。

——そのアメリカ人はラナルド・マクドナルドという日本最初の英語教育をしたことで有名な人ですよね。（吉村氏はこのときの取材を『海の祭礼』という作品にした）

吉村　そう。それから、これまた驚いたのは、心臓移植の小説を取材していたら、（取材先が）また長崎になっちゃった。

——どういうことですか。

吉村　朝日新聞連載で心臓移植の小説を書くために南アフリカにいった。世界最初の心臓移植が行われていましたからね。そのあとアメリカにいって、世界第二例と第四例をおこなった病院を取材した。そこにカントロビッツという外科医の権威がいました。年齢がもう六十歳を越えていて、手術のときはもう執刀しない。その下にいる若手の主任がやる。それが長崎大学医学部を出た諫早（いさはや）の古賀保範という医者で、彼が第二例と第四例の手術をやったことがわかった。当時、彼は日本に戻って大村病院にいました。その後、その方は宮崎医科大学の外科部長になったが、二年ほど前に亡くなりました。その心臓移植の取材が「また長崎」だったんですよ（爆笑）。

——なにかの糸で長崎とは繋がっているんですかね。

吉村　そのときも長崎に三回くらい行きました。北海道の札幌医大で日本最初の心臓移植がおこなわれました。古賀さんは長崎に帰ってから移植チームをつくっていましたが、和田教授の不透明な手術が問題化して、することができなかったのです。でも、

（心臓移植手術の）日本人初は古賀さんですよ。この小説は『神々の沈黙』。朝日新聞から単行本が出て、文藝春秋で文庫になっています。

夜通し造船所を眺めていた

――もういちど『戦艦武蔵』執筆のころの話をうかがいます。長崎テーマではこれが最初ですか。

吉村 そうですよ。まだ、そんなに金がないものだから、夜行列車でいってね。ホテルったってね、グランドホテルしかなかった。でも、グランドホテルでなくて小さな和風旅館に泊まって十日くらいいました。安かったからね（笑）。

――どんな取材でしたか。

吉村 造船所の対岸の浪の平というところがありますよね。そこの海岸で深夜遅く、造船所をジッと見ていました。そうすると、夜間まだ就業しているわけですよ。時間を忘れて見ていると、近くの天主堂の鐘がなり始めましてね。朝の。

――早起きしていったということですか。

吉村 いいえ、夜通し見ていたんですよ。戦艦武蔵なんて、こちらは素人ですから、書く自信なんてありませんよ。だけどなんとかしようと思ってね、夜通し見ていたわけです。それで宿に帰ったらね、朝帰りと思われた。

――文字通り朝帰りですね。

吉村　女中さんがツンケン、ツンケンしてるわけ（笑）。そちらの朝帰りと思われた（爆笑）。まったく。

――そうですか（笑）。武蔵取材はエピソードが多いですね。

吉村　武蔵の建造中に目隠しのために棕櫚縄（しゅろなわ）ノレンをドックにめぐらしたのは有名ですよね。その（大量の）原料の棕櫚がどこからきたのか知りたくてね。調べているうちに魚網業者がうかんできた。そこで市内でいちばん大きな魚網会社に取材にいった。趣旨を説明していると、「間に合ってます、間に合ってます」といって、追い返されそうになる。何度説明しようとしても、「間に合ってます」だよ。考えてみたらアタッシェケース持っていたので、売り込みと思われたらしい（笑）。

――もしかしたら、稲佐橋の近くの魚網店では？

吉村　そうそう、そこですよ。

――そこはいまの長崎市長伊藤一長さんの実家かもしれません。あのあたりで、一番大きな魚網会社でしたから。

吉村　今度市長にいっといてくださいよ。「追い返された」って。棕櫚縄については造船所の人も、その入手経路を知らなかったんです。でも結果的にわかりましたがね。

——武蔵建造中は倉場富三郎というグラバーの息子がグラバー邸から（造船所が見えない）下に移転させられたり、いろいろエピソードがありますね。

吉村 彼はその後自殺しますよね。あのときは、長崎の中国人もいろいろあったんです。日本人は親切だったが、警察官からスパイと疑われるとか。

——建造にかかわった人がまだ長崎には生きていて、取材できたのではありませんか。

吉村 いましたね。八五パーセントくらいの人が存命中でしたから。進水の名人といわれた大宮丈七という人がいましてね。彼に小説が書きあがってから本を渡したら、「うちの宝物をさしあげます」といって、進水式のときに海軍からもらった海軍のマーク入りの香炉をくれようとした。ぼくは、もらうわけにはいかないと断った。「これは大宮さんのうちにあるからいいので、ぼくがもらうわけにはいかない」と。しかし、どうしても受け取ってくれという。そこで、「では、お預かりします」といって一時預かりましたが、亡くなったときにお線香あげにいってお返ししました。その香炉はいま造船所の資料館にあります。

書き終えたら腰が抜けた

――当時、三菱は資料をオープンに見せてくれない時代だったと思いますが。

吉村　それがね（しばし沈黙）、資料を見ることができたんです。『星の王子さま』という有名な童話の翻訳者内藤濯（あろう）先生の息子さんで内藤初穂さんという人が、三菱の広報誌の担当で……。海軍技術大尉で終戦を迎えた。彼が武蔵建造当時の長崎造船日誌のコピーを取っていた。これを造船所の許可をもらってぼくに見せてくれた。これが武蔵を書こうというきっかけになった。

――よくそんな日誌が残っていましたね。

吉村　あれはね、建造主任が渡辺賢介、副主任が古賀繁一さんという方で、終戦のときに家に持って帰っていた。それで助かった。それが先日の展覧会のときに造船所が出してくれた。資料室にこれは保管されています。

――そうして『戦艦武蔵』という小説が生まれたわけですね。

吉村　そうですね。芥川賞四回落ちた小説家でしたが、この小説でなんとか世に認められたということでは、ぼくにとっては大事な作品ですね。よかったと思っています。

――書き下ろしでしたか。

吉村　「新潮」という雑誌に一挙掲載されました。四百二十枚です。造船所の技師たち、乗組員にも会ってね……。ふっふっふ。名刺が残っているので面談した人の数がわかるけど、全部で八十七名に会いました。

——三菱造船所がよく協力してくれましたね。

吉村　最初、造船所にいったら、造船所お抱えの歴史家がいるんですよ。彼がいうには、「あなたは素人だから十年はかかりますよ」というわけ。でも、二月に長崎に行って、書き上げたのは七月で、調べたのは三カ月か四カ月ですよ。

——すごいですね。

吉村　最後の原稿は一気に一晩で四十二枚書き上げた。できて女房に「できた、できた」といって書斎から出ようとしたら、腰がくだけて座り込んでしまった。腰が抜けたというヤツですよ（笑）。ふっふっふ……。

——腰が抜けるって本当なんですね。

吉村　あるんですよ。どうしても立てないで、こちらはエヘラ、エヘラ笑ってるだけ。「どうして立てないんだろう」って（笑）。……。でもね、あとで（原稿を）読み返してみたんだけど、ちっともおかしくないの。迫力があるから。文章はキチンとしているしね。

——その話を頭に入れて『戦艦武蔵』をもう一度読み返してみます。

吉村　「新潮」に載せるっていうのにはね、実は、あるエピソードがあるんです。当時の新潮社のボスといわれたある重役からいわれたというので、編集者が我が家にきたんです。ちょうど、あなたが座っているその席ですよ。

——その重役って斎藤十一さんですか。

吉村　よくご存知ですね（笑）。当時あるところに取材日記というのを書いていたら、それを読んだ斎藤さんが「吉村は書くだろう」っていうんで、「おまえいって来い」といわれたらしい。その編集者が、「吉村さん、書けます？」って、半信半疑なんです。「さあ、わかりません」と応えました（笑）。

——取材日記というのはどこに書かれたんですか。

吉村　さきほどの内藤さんがやっていた造船所の広報誌です。武蔵のことを取材していたけれど、まだ、小説を書くかどうか自信はなかった。それで、新潮社の依頼を受けて三十何枚ほどの原稿を渡しましたら、書き続けてくれということになった。それで、書きあがったけれども、果たして載せてもらえるかどうか。天下の「新潮」だからね（笑）。

——そうですね。書き手の不安はよくわかります。

吉村　そしたら「載せます」という。しかも四百二十枚一挙掲載だという。あとで聞いた話ですが、そのために丹羽文雄さんとかの老大家の小説が、次号送りになったそうです。だから、あとでいろいろいわれましたよ（笑）。

——作家の世界は、いろいろ微妙ですからね。

吉村　幸い評判がよかったので、救われました。雑誌はいいとして、つぎに単行本にするときに、初版二万部ですよ。

――ほう、それはすごい。

吉村　そのころ二万部というのはなかった。(「新潮」は)純文学の雑誌ですからね。いいところ千五百か、せいぜい三千でしょう。ぼくも「えーっ」と驚いた。ところが一週間したら、また一万部増刷するという。結局、十六、七万部までいったんですよね。いま文庫で六十刷ですよ。

――部数では約三百万部くらいでしょうかね。

吉村　そうなりますかね。

海と船の小説が多いわけ

――『海の祭礼』や『黒船』などといった小説で、よく船とか海が登場しますが、なにかこだわりはありますか。

吉村　ぼくは東京の下町育ちなんでね。そのせいかもしれませんね。でも、歴史小説を書いていると、必ず、外からなんです。『黒船』がそうですね。ところが、日本の文学には「海」ってやつがないんですよね。内陸部に目が向いている。海がでるといっても海岸なんです。「むこう」(海外)っていう概念がないんですよね。

――大きな船を造らせなかったからとかの理由でしょうか。

吉村　大きな船を造らせなかったってのはね、俗説なんです。日本は外に出て行く必要がないほど豊かなんです。不自由ないもの。全部ある。物資が充足されていて、外から持ってくる必要がない。だから内海航路が発達した。世界一なんです。ところが、そこに外からくると問題が起きる。それにつれてこっちの船も流されてロシアにいったり、アメリカにいったりする。そういうことで、歴史小説を書いていると自然に船とか海が多くなる。

――なるほど。

吉村　日本には海洋文学がない。『ロビンソン・クルーソー』とか『宝島』とかね。あれはイギリスでもどこでも物資がない国が帆船を造って外に向かって出て行くからなんです。日本はその必要性がないんです。外洋に行く必要がないという特殊な事情がありますね。

――ラナルド・マクドナルドの小説『海の祭礼』は、どんなきっかけで書き始められたんですか。

吉村　あれはね、永島さんなんです。「なんかないですかね」っていったら、英文の資料をくれた。読んでみたら面白いなと思って、それで利尻島にいったんですよ。いってみたら立教大学の富田さんという教授が調査にきたというんです。調べてみたら、その人が翻訳してたんですよ、その回想記を。それがきっかけになりました。

――利尻島にいくと「マクドナルド上陸地点」という碑が立っていますね。

吉村　最初、なにも立ってなかったんですよ。ぼくの小説がでてから建てられた。カナダでも日系人が中心になって「マクドナルド友の会」というのができています。

――長崎の松森（まつのもり）神社の前にも「大悲庵跡」というのがあって、マクドナルドのレリーフがありますね。

吉村　あれをロータリークラブが建てるときもぼくは呼ばれて講演をしました。今度、北海道で道立博物館ができるというので、講演を頼まれているものですから、そこでもマクドナルドの話をしようと思っています。

やはり長崎は奥が深い

――『ふぉん・しいほるとの娘』というシーボルトの娘のイネのことを大作にされていますね。

吉村　ぼくの作品の中ではいちばん長いんです。三千五百枚くらいありますからね。あれも、定説というのがいかにいい加減かという資料に出会ったことから書き始めたんですよ。

――といいますと。

吉村　県立長崎図書館に古賀十二郎が書いた原稿があるんです。そこに、シーボルトのイメージをくつがえすようなエピソードが書かれていたんです。永島正一さんがね、図書館の奥にあったその記録を見せてくれたんです。それはイネの娘でタカという女性が、古賀十二郎に語った話なんです。

――どんな内容ですか。

吉村　タカがいうには母親のイネは、犯されて自分が生まれた、という意味のことが書かれていました。イネが産科の医者になるために岡山に行き、そのとき石井宗謙というシーボルトの弟子に船の上で強姦されているんです。そして妊娠して、子供を生むときには自分で取り出している。そのとき生まれたのが私です、とタカは語っている。これを読んだときに、「あ、これは書こう」と思った。

――シーボルトは長崎では神様みたいに神格化されていますからね。あの小説はショックでした。

吉村　その意味では長崎は奥が深いね（笑）。シーボルトは二回目に長崎にきたときにもシオという女性に手をつけている。彼を神様みたいにいう人がいますけれど、ぼくはスパイだと思っていますよ。

長崎の女性は危ない

——武蔵取材での長崎訪問が初めての長崎で、百七回もいらした作家としてのお話を最後にお聞きしたいのですが。

吉村 最初に取材しはじめたころ、ある新聞社の長崎支局長が、女房と別れて長崎の女と一緒になったと聞いたときにね、ぼく、「わかるな」と思いました（笑）。

——いきなり女性の話ですか。

吉村 女性はぼくは女房がいちばん好きですけどね。長崎にいったとき、「この町は危ねぇな」と思って。そういう感じってわかるな（笑）。

——長崎の女性がきいたら喜びますよ。

吉村 でも、長崎に百何回いっているけどね、美人ってのに会ったことがない。きょうここにお見えのこの方（岩波さんのこと）は、例外ですがね（笑）。

——（岩波）ありがとうございます。

——先生もお上手ですね（笑）。ところで、お酒は召し上がりますか。

吉村 だってぼくは文壇酒徒番付で東の横綱ですもん。毎日、飲んでますよ。

——長崎でもよく召し上がるってことですね。で、なじみの店とかはありますか。

吉村　思案橋近くの「はくしか」って店ですね。永島正一さんと行き始めて、いまでも長崎ではそこです。この店にオタカちゃんって女の子がいましてね。子じゃないな、おばさんかな。もう定年で辞めましたからね。

――昨年の五月に長崎にいらしたときも、オタカちゃんにはお会いになったんですか。

吉村　講演会の会場にきてもらいましたよ。最初にあったときの印象をね、「工務店のオヤジと思ってた」っていうの、オタカちゃんが（笑）。社長っていわないんだよ。「専務さん、専務さん」っていうの（笑）。でも、いつのまにかわかっちゃってね。

――「専務」は面白いですね。

吉村　天草の人でしてね。ぼくはずっと一人でいくでしょう。そのうち、初めて女房を連れていったんですよ。そうしたらね、ヘンな感じでね。全然口きかないの。（小指を立てて）これ連れてきたと思ったらしい（笑）。ジロッと見てるんだよ（笑）。こっちもおかしくなってね、「誰だと思うんだ」といったら、「先生はそんな人だとは思わなかった」という（爆笑）。「女房持っちゃいけないのか」といったら、「えーっ」といったきり黙っちゃった。あーあ。

――素朴な人柄が感じられますね。

吉村　講演会のときにそのエピソードを話したんです。最前列に座ってもらった、私の親しい人たちの中に彼女もいた。

――最後に「長崎人が気づいていない長崎」というのを話していただけませんか。

吉村　この前宇和島藩主の孫にあたる人に会って、「宇和島も好きだけど、長崎へはもっと行ってますよ」といったんです。長崎にいってタクシーで空港まで帰るときにね、一度も不愉快な思いをしたことがないんです。いつも「よかったな」と思って東京へ帰るんです。

――人情というんでしょうか。

吉村　それだけじゃない。いつかね、自転車に乗っているのを長崎で初めて見たの（笑）。長崎は坂ばかりで自転車はないと思っていたけど、初めて自転車見てね、「オレは長崎のこと、知ってるなんていえないな」と、しみじみ思いましたね。だって百七回のうち一回しか見てないもの。

――自転車登録台数は日本でいちばんすくないかもしれませんね。

吉村　あるときハタ屋さんを訪ねたときに、タクシーの運転手がわからないといって、ある店で道を聞いたところ、そこのオヤジさんがスクーターに乗って先導してくれたんです（笑）。「ここだ、ここだ」って指差してスッと帰っていっちゃった。長崎ってそんなところがまだあるんですね。それがすべてを象徴してますよ。

――食べ物ではこだわりはありますか。

吉村 ぼくは卓袱（しっぽく）料理ってのは苦手で、皿うどんとちゃんぽんが好きで、二十軒くらい行きました。最後はワシントンホテルの近くの「福壽」という中華料理屋に決めました。あとは野母崎のカマボコ屋が姪の亭主の実家で、四、五回いってます。編集者を二十人ばかり連れていったこともあります。「池山」というんです。

――長崎への辛口の批評はなにかありますか。

吉村 ありませんね。ぼくは惚れ込んでいますから（笑）。

――ありがとうございました。

『桜田門外ノ変』創作ノートより

私は昭和十五年に開成に入りましたが、二年生の二学期の期末試験の前日に肋膜炎になりまして、十二月二十日頃から一月中旬まで休みました。二学期の試験を受けないものですから、落第を覚悟しておりましたら、幸いにして三年生に進級できました。むろん席は一番前の列です。

五年生になると、終戦の前年ですから、もう授業がありませんで、工場で勤労動員で働きましたが、五月中旬頃にまたも肺結核になりました。今私の作品集がでておりますので、それに収める年譜の正確を期するために、開成に行きまして調べてみましたら、授業といいますか工場の勤労日数が二百四十一日のうち百三十二日も休んでおり、これは絶対に落第なんですけれど、終戦の年であったので戦時特例で四年生と五年生が同時に卒業することになりまして、私は卒業することができたわけです。

私の中学時代は、このように惨たんたるものでした。その年は上級学校への入学試験かと思っております。

がなく、内申書だけの選考だったので、どこへ内申書を出してもだめでした。この内申書も開成へ行って調べましたら、教練が十点満点のうち四点だったので、これではどこにも入れないわけです。恐らく同期の中で私だけが上級学校に行かなかったのではないかと思っております。

先程の私の紹介で、私が中学時代作文の才能があると紹介されましたが、作文の成績は悪かったのです。ただ一度三年生の時でした。戦時中だったものですから「忠君愛国」についてという題などが出されましたが、その時は自由題ということで、自分の父親のことを書いたのです。父は紡績業をやっておりましたが、子供が多かったせいでしょうか、子供のことを抱っこしたりおんぶしたり、そういうことは一切ございませんので、父親とはそういうものだと思っておりましたら、物心ついてみますと、肩車までしている父親もいるので、うちの父親は変わっているのだなあ、と思って、それを素材に致しました。父親が死んで、棺桶の中に横たわっている父親の手の甲に大きなほくろがありまして、それを私が指で触れたことを作文に書いたのです。死んだ時に初めて父親の皮膚に触れた、父を感じた、というその作文を板谷先生が誉めてくれて、優秀な作文は二、三点必ず先生が読んでくださることになっていたので、その中の一つであったものですから、私は嬉しくて家に持って帰ったのですが、ここで重要なことは、まだそのとき父親は生きておりました。家へ帰りましたら父親が母親と一緒にお茶を飲んでおりまして、母親に見せましたら母親がにやにや笑ってそれを父親に渡してしまったのです。父親は読んでいるうちにだんだんと不機嫌な顔になって来まして、たとえ親子の間でもこういう縁起でもないことを書くなと。

そういうようなエピソードはあるのですが、私が先生に誉められたのはこの一作だけでございまして、普段は作文は下手だったのです。でも何となくこういうことになり、人生というのは本当に不可解なものであります。

これから私が書きました『桜田門外ノ変』という小説についてお話ししたいと思いますが、歴史小説もいろいろございまして、ある歴史小説家は、歴史上実在した有名なある女性とある男性とが肉体関係があったと書いておりますけれど、そういう事実はありません。つまり創作で、いろいろなタイプの歴史小説があっていいわけです。ただ私は昭和四十年から八年間戦争の小説を書いたものですから、例えば敵の艦載機が何時何分に飛来したというのが一分違っても誤りになるわけで、そういうのを八年間続けていたものですから、その癖がそのまま歴史小説を書く上でも現われ、ですから史実に忠実に書きたいと思い、それを念願としているのです。それに、史実そのものが私はドラマだと思うのです。変に小説だからといって創作をすると、本当のドラマが消えてゆくのではないかと、そういうふうに私は考えます。

ただ戦争の小説の場合は資料が沢山ありまして、あり過ぎるぐらいある。それでどれを捨てるかが問題になるわけですが、歴史小説の場合は逆に資料が少ない。庭に点々とつらなる庭石みたいなもので、その空白部分を「多分こうに違いない」と思って埋めて行くわけです。ただ史実の中にもいかがわしいものがございまして、皆様よくご存じの上杉謙信と武田信玄の戦い。武田信玄の本陣に上杉謙信が馬に乗ってただ一騎で入ってきた。これはＮＨＫのドラマでもやっておりましたけれども、上杉謙信が斬りかかると、武田信玄が軍扇で防ぐ、という有名な場面です。しかし常識的に考えてこういうことはあり得ないわけで、武田信玄の本陣に近づくことすら大変であり、謙信がただ一騎でゆく必要はなにもない。十年近く前ですけれども新聞を見ておりましたら、ある史実が発見されたと出ており、それによりますと上杉謙信の家来で粗忽な人間がいて、それが武田信玄の本陣の近くまで迷って入ってしまった。それで慌てて帰ってきた。それをあたかも上杉謙信が武田信玄の本陣に入って行ったというように物語を作ってしまった、という記録が出てまいりまして、ですから資料をそのまま信用するわけにはいかないんです。

私は例えば上古の問題だとか卑弥呼がどうしたとかいうのは不得意でございますから、きちんとした史実のある時代を書きたいのです。ですから結局江戸時代以降となるわけです。

そこで今回の小説『桜田門外ノ変』は、去年（一九九〇年）の八月に出版したのですが、なぜ私がこれを書いたかといいますと桜田門外の変での井伊大老ですが、普通の時代には一番上の総理大臣というのは老中首座となるのですが、緊急の場合には格の高い大名が老中首座となり、その時に大老と称するわけなんです。これは将軍よりも権力のある位置にあるわけですが、この井伊直弼が暗殺されたことによって、がらりと時代が変わりまして、一気に明治維新になります。私は『桜田門外ノ変』を書く前に桜田門外の変は、明治維新の二十年ぐらい前の事件ではないかと思っておりましたら、驚いたことに八年前なのですね。そこで太平洋戦争のことを考えてみますと、やはり二・二六事件により軍部が政治に関与していくことによって戦争が始まり、そして敗戦を迎える。二・二六事件から敗戦までの九年間と非常に類似しております。またこれは偶然なんですが両方とも雪が関わってくる。雪というのは小説を書く上でとても都合がいいのです。なんとなく華やかになるからです。これはいいと思い、それで『桜田門外ノ変』を書こうと思ったのですが、この事件については舟橋聖一さんが『花の生涯』という小説を書いておられます。井伊大老の側から書いているのですが。ただし二・二六事件でも、殺された斎藤実（まこと）とかそういう人の側から書くと二・二六事件はわからない。やはり襲った青年将校の側から書かないとわからないのと同じように、桜田門外の変も襲った水戸脱藩士・薩摩藩士たちの側から書かなければわからないのです。私は『桜田門外ノ変』をどこから書こうかと思って策を練ったところ、安政五年（一八五八）の八月つまり事件の一年七カ月前に大きなほうき星が出現したのです。当時の学者や商人の日記によると、長さが六十メートル程で十九世紀で最も美しい彗星であったのです。当時、ほうき星は不吉なものとされておりましたので、私は桜田門外の変つまり暗殺事件なので、その予兆としてこの大彗星のことから書こうと思ったのです。水戸の城下町でほうき星を見た水戸の町人とか武士とかが恐怖感を持って見ている、そういうところから書き出したのです。ところが二十枚程書いたところで、時代的に早すぎて止めてしまいました。それで次にある時代から書き出し二百五十枚まで書いたところで、過去になりすぎたことに気づきました。それでこの二百五十枚を未練を残してはいけないと思い、燃やしてしまいました。

なぜ捨ててしまったかというと、実は私は尊王攘夷という社会思想を言葉として理解していただけで本当は理解していなかったことを知ったからです。

尊王攘夷というと、尊王ですから朝廷を尊ぶ。それから攘夷というのは外国の勢力を追い払う。それは倒幕のことだと最初思っていましたがそうではないのです。尊王というのは朝廷を重んじることによって人心を統一して幕府の権力を強化し、それによって外国の勢力を追い払う、という思想なのです。

その思想がなぜ水戸で起きたのか、その思想を創り上げた水戸の思想家藤田東湖と会沢正志斎の著作を読んだ結果、その思想の基本が水戸藩領の海岸線にあると気付いたんです。当時黒船に対する恐怖が強く、日本の近海は鯨が群れていて、全世界の捕鯨船が集結していたのです。特にアメリカの船が多く水戸付近の沖合には約百艘ぐらいの捕鯨船が操業しておりました。そして、捕鯨船員の上陸騒ぎがあったりしまして、水戸藩では極度に警戒していた。その警戒心から藤田や会沢は、もし外国の勢力が攻めて来た時には、この水戸藩領のなだらかな沿岸に上陸すると考えたのです。江戸にも近いものですから、江戸を占領すれば全日本を支配できると。アメリカを中心とする外国の軍勢は水戸藩領の海岸線に必ず上陸すると考えたのです。この危機感から尊王攘夷という思想が生まれたわけです。

尊王攘夷という思想は全国に大きな影響を与えました。特に海岸線のある、同じように上陸される恐れがある薩摩藩とか宇和島藩とか、いろんな諸藩の憂国の士が共鳴した。吉田松陰は萩藩ですが、あそこも上陸されるんではないかということからその思想を信奉したのです。ただ一つ強力に反対したのは彦根藩主の井伊直弼でした。彦根藩はご承知のとおり海岸線がない。ですから危機感は薄く、武力的に考えてみても日本と諸外国との差は歴然としている。だからここで無駄な抵抗をすると日本は植民地化されてしまう恐れがあるので、開国して出来る範囲内で外国の言うことを聞き入れた方がいいと考え、この開国論と尊王攘夷論が真っ向から対立することになります。井伊直弼は強大な権力を持っていますから、尊王攘夷の中心である水戸藩に対して大弾圧を加え、家老とか要職にある者を牢屋に入れて首をはねてしまう。武士にとって切腹というのはいいのですが、首をはねられることは非常な屈辱で、それを井伊直弼は容赦なく行い、さらに他藩の尊王攘夷を唱える吉田松陰・橋本左内といった人たちの首もはねてしまった。それが安政の大獄というものですが、これに対して激怒したのが薩摩藩で、それに共鳴したのが水戸藩でありました。

よく桜田門外の変の暗殺を暴発的だと歴史書などに書いてありますが、そのようなことは全くなく、非常に慎重に物事を進めているのです。彼らは井伊直弼を暗殺し幕府の政治を正しい方向に持っていかねばならないという強い使命感を持ちまして、暗殺計画として赤穂浪士の吉良邸討ち入りを研究しました。それで水戸藩士たちは彦根藩邸に討ち入りをしようとして様々の工作をして藩邸の内部を探るのです。その結果井伊直弼の寝所をはじめ屋敷内の絵図をつくり、どこに当直の者が見張りをしているかも全てつかみました。

ところが彦根藩の方では、水戸藩の要職にある者の首を斬ったわけですから、これは必ず討ち入るだろうと予想し国元から練達の藩士をたくさん呼び、それらの者に日夜警戒させていた。それを知った襲撃側は討ち入れば皆殺しにされてしまうと判断し、結局井伊直弼が江戸城へ登城する途中を待伏せして暗殺しようとしたのです。

江戸城に大名が登城するのは定例日といって決まった日があり、またお祝いの日にも総登城する。それで彼らは三月三日の節句のお祝いの日に、登城途中を待伏せして暗殺しようと企てました。当時、大名が登城する折の大名行列を、江戸市民は見物の対象としていました。武鑑といいまして今流のガイドブックが須原屋という今でいう出版社から出版されており、これを見ながら大名行列を見物する風習がありました。それで水戸藩士たちは大名行列を見物するように装って待伏せすることを考えたのです。

彼らはその前日（三月二日）の夜、品川の相模屋という遊郭に集まります。なぜ遊郭に集まったのかといいますと、周りで騒いだりしていますから、盗みぎきされる恐れがないからで、それで彼らは大広間に集まり最後の襲撃方法について打ち合わせをしたのです。

どのような方法かと言いますと、彦根藩邸から井伊直弼の大名行列が来る。今の警視庁のところが松平大隅守という人の屋敷だったのですが、お濠ばたの道を行列がやってきて桜田門の方に曲がる。その曲がり角に森五六郎という非常に剣のたつ若い藩士を配置し、行列の先頭が曲がりかけたときに、彼が何か訴えがあるかの如く近付いて斬りつける。そうすると警護の武士たちは先の方に駆けてゆく。当然、大老の乗った駕籠のまわりは手薄になり、両側から一斉に襲いかかる。襲いかかる時にピストルで一発撃ち、それを合図に両側から襲いかかると。そういう計画をたてたのです。ただ乱闘の際に同志討ちも考えられるので、白い鉢巻、白い襷をつける。さらに「正正堂堂」という言葉の正と問えば堂と答えるようにきめた。これは忠臣蔵の「山・川」の合言葉からヒントを得たものです。そういうように打ち合わせをしました。

大名が江戸城に登城するのは午前十時までと決まっております。ところが井伊直弼は几帳面な人で午前九時頃登城する。ですから八時半頃までには桜田門外に居なければならないわけです。そういうわけでみんな一杯飲みまして寝たのです。朝早く起きたところ意外なことに大雪です。三月三日といっても陰暦なので今の四月に当たります、ですから春の大雪ということで本当に珍しいわけです。

ところで私はこの小説の主人公を「関鉄之介」という男にしました。なぜかと言うと襲撃現場の指揮者で、しかも筆まめな人で日記を沢山書き残しておりますので、私はこの男だ！　と思い主人公にしたわけです。

鉄之介が朝起きた時に大雪が降っている。彼は雪が襲撃にとって利があるか不利であるかを考えた。いずれにせよ大雪なので早めに出ようということで、早々に朝飯を済ませ、品川から歩いて増上寺の裏を通り、愛宕山(あたごやま)の神社の境内である人物を待ったのです。ある人物とは薩摩藩士の有村次左衛門であります。薩摩藩の屋敷は今の三田にあります。そこから来るのを待っていると彼がまいり全員揃いましたので、桜田門まで歩いて行きました。記録によるとちょうど八時頃桜田門外に着きました。江戸城に入るのは追手門と桜田門の二つしかないものですから、桜田門外はいろんな大名が通る。その大名行列を見る見物人のために傘見世——まあ茶店ですが、甘酒とかおでんとかを売っている。いつもは五つか六つ茶店が開いているんですがその日は大雪だったので二店しか開いていない。浪士たちはそこへ行きましておでんを食べたり甘酒を飲んだりして、井伊直弼の屋敷の方を見守っている。やがて紀州の大名行列が来た。それを見た関鉄之介は「この雪は天祐だ、奇襲にとって利だ」と考えた。なぜかというと行列をくむ紀州藩士たちはみんな雨合羽を着て、笠をかぶりそして刀に柄袋をつけている。刀の付根に雪がつくと濡れますので柄に袋をかぶせる。袋のついたままの柄をつかんで戦うのと、つけないで戦うのとでは、はるかに襲撃側が有利なわけです。ですから彼は天祐だと思ったわけです。紀州藩主の大名行列が桜田門に入って行ってしばらくして彦根藩邸の門が開きました。門の中から約七十人くらいの彦根藩士が出てきて、激しい雪の中を寒さで顔を伏せぎみにして歩いて来る。襲う方は予定通り二手に分かれて森五六郎だけが桜田門に曲がる角に待機しました。

これから乱闘になるのですが、私は今まで小説を四十年間書いてきて斬り合いのことを書いたことがない。私が病気をしておりました昭和二十三年、結核で寝ていた時に新聞とか本などを読むと目が疲れるので禁じられていましたので、ラジオを聴くことだけを楽しみにしておりました。貴重な経験をした人が話をするというラジオ番組がありまして、毎日違う人が話すのですが、その中で「彰義隊の戦い」というのがあったのです。

九十七歳の方で病床に伏しておられながら話されたのですけど、明治元年にこの方は日本橋の商店の小僧さんで、お使いで上野に出された時、上野の山の方から彰義隊の一隊が下りてきて、それから今の松坂屋の方から官軍の一隊が来てそこで斬り合いが始まったというのです。彼は恐ろしくて道ばたの大きな天水桶の陰に隠れて見ていたというのですが、斬り合いといっても十メートルぐらいの間隔でお互いに刀を抜いてヤァヤァとやっているだけなのです。そのうちに近くに大砲の弾が落ちましてドカーンという音と共に両方の隊は引きさがっていったというのです。

その話に、私は斬り合いといっても現在の映画とかテレビとか、あんな恰好の良いものではなく、この桜田門外の乱闘も老人の話に類似したものではないかなと思いました。その予想はまさに的中しました。森五六郎が行列の先に斬りかかる、すると予想していたとおり駕籠のまわりにいた彦根藩士たちが先の方に駆け出してゆき駕籠のまわりが手薄になった。それで両側に分かれていた襲撃側が合図の短銃を一発撃ち一斉に襲いかかったのです。この乱闘を今の警視庁があるところの松平大隅守の屋敷で留守居役の興津という人が窓から見ていたのです。その人の記録によると、剣道ではある程度間合いをとって構えるが、彦根藩士と水戸藩士たちとの斬り合いは間合いをとるどころか互いに抱きあって鍔競り合いをやっていたというのです。また襲撃側の者の記録も残っておりますが、それには目の前が真暗で無我夢中でやったと書かれています。合言葉の

「正」・「堂」なども忘れてしまって白襷も白鉢巻もしている人が一人もいなかったというのです。襲撃側の蓮田市五郎という人は、誠に恥ずかしいことながら増子金八という人と同士討ちをしてしまったと書いています。他にも同士討ちをしていた者もいましてもう乱闘というかメチャメチャなわけです。

それから彦根藩士も彦根藩士で雪が降っているので、刀が湿るといけないのでいつもより悪い刀を差していた。また小川弘蔵という学者も松平大隅守の所に居たのですが、邸内に彦根藩士が入って来てガタガタ震えていたと書いています。そういう状態だったわけですから映画やテレビみたいなわけにはゆきません。

この乱闘で彦根藩士が四人死に、水戸脱藩士が一人死んだのですが、この乱闘の間不思議なことがありました。というのは井伊直弼の駕籠の内部が静まり返っていたのです。関鉄之介は「井伊大老は駕籠の中にはいない。これは囮(おとり)の大名行列かもしれない」と考えました。井伊直弼は居合抜きの名人で、槍も非常な使い手なのです。ですからもしも周りで乱闘があったら外に出て何かするはずなんですが……。しかし薩摩藩の有村次左衛門が御簾(みす)を開けてみると、中でうつ伏せになっており、それで髷(まげ)をつかんで首を落としそれを刀の先に突き刺して、今の東京会館の方に歩いて行ったのです。なぜ大老は外に出なかったのか。私は彦根藩の記録をしらべてみました。その記録の中に岡島玄達という藩医の診断書がありました。それによると首のない井伊直弼の遺体を乱闘の後すぐ彦根藩邸に運びこんだが、股から腰にかけて貫通銃創があったと記しているのです。これが致命傷となっていた。

つまり合図の短銃を撃ったら偶然に井伊直弼に当たってしまったわけです。この首のない遺体を藩邸に運び込んだのですが、首がないと困るわけです。それで彦根藩の者が首を捜しました。そうしたら有村次左衛門が刀の先に首を突き刺して今の東京会館の方へ持って行ったのですが、その時の有村はもうずたずたに斬られているものですからそこで切腹しました。それで井伊直弼の首は遠藤但馬守（たじまのかみ）の屋敷に収容されて、それを彦根藩士たちが貰いに行ったのです。まさか自分の殿の首を下さいと言うわけにはいかないので、ちょうど井伊直弼と同じ年格好の藩士の名前を言って「彼の首なのだが返してほしい」と偽って返してもらい、飯櫃（めしびつ）の中に入れて彦根藩邸に持ち帰ったのです。

この乱闘は結局水戸藩士たちの成功に終わったわけです。関鉄之介は一人の藩士を連れまして、最初集まった品川の宿場まで戻り、故郷の親族に手紙を書いた、その手紙の最後に「舟中認レ之」と書かれている。舟の中で書いたとなると品川はすぐ海でしたから、そこのところに浮かんでいる舟で沖に出て、そこで書いたと思われます。ところが調べてみますとそうではないのです。

ところでその日の雪はいつ止んだのか？　雪が夜明け前から降りはじめたのはわかっているが、いつ止んだのかはわからない。私が調べた限りでは、脱藩士の一人が板橋宿まで歩いていったところ合羽の雪のところどころに血がにじんでいるので、合羽を捨てて吉原の遊郭に行ったと書いています。それから考えると、十二時頃には降っていたことになる。関鉄之介は品川まで行くのですが、何時頃止んだかわからないと小説が書けません。「何時頃止んだのか？」と気象台などにも行って、江戸時代の気象について研究している人にも会って聞いてみたのですがわからない。水戸の豪商で大高屋というのがあり、その人が日記を克明に書いている。それによると「八ツ、つまり午後二時頃雪やむ」と書いてあった。私はこれを引用して本の中に「午後二時すぎ雪やむ」と書いたのです。でも水戸と江戸とは気象に差がある。それで私は「週刊新潮」の掲示板に出したりして調べたのですがどうしてもわからない。ところが一と月程前にある人から手紙が来まして、その当時の国学者の資料で雪の止んだ時間が書いてあるって言うんです。その写しを貰ったんですが、そこには「昼時過ぎ雪止む」と書いてあるのです。ですからまあ二時でいいのだなと思いほっとした次第です。

関鉄之介が品川に着いたのは十時頃です。舟を沖に出して舟の中で手紙を書いたと考えられるのですが。ところが品川の図書館に行って調べましたら、三月三日は潮干狩りの日だったのです。品川は江戸での潮干狩りの名所で、八時頃に沖に出る、そうすると潮が全部ひいて砂地が露出する、その砂地にお客さんが降りて貝を拾ったりする。十時頃というと潮は沖の方までひいている。ですから私は「ずっと砂地のところが雪で真白で、海の水が輝いているのは遥か向こうで、関鉄之介は岸に舫われている舟の中で手紙を書いた」と書いたのです。

ですから現地に行ってみないとわからないわけです。

関鉄之介はそれから追われて九州まで逃げます。その後、水戸藩領の大子にもどって潜伏するのですがその地に彼についての言い伝えが残っています。関鉄之介は顔中吹き出物だらけで、梅毒であったというのです。小説の主人公が梅毒だと女性の読者は非常に不快感を持ちます。子孫の人も肩身のせまい思いをしている。果して関は梅毒なのか。関鉄之介の日記に病気のことも多く書かれている。福島の白河に西洋医学を学んだ医者がいて、彼はそこに治療をうけに行ったのですが、日記に服用した薬とか処方とかが書いてある。私はその部分の写しを手に医学史の薬学を専門にやっている人のもとに行ってみせたところ、「これは蜜尿病です」と言うのです。糖尿病ですね。そう言えば日記に関鉄之介が夜中によく喉が渇いて起きたことが書いてある。これで間違いなく糖尿病だということがわかったのです。私も主人公が梅毒でなく糖尿病でほっとしました。

結局彼は大子から新潟の方へ行って雲母温泉というところで捕らえられ、江戸に送られて首をはねられました。しかし「大子から越後の雲母温泉まで行って捕らえられた間の経緯は不明である」と全部の本に書いてあるのです。私の場合「不明である」では困ります。これについてなにか史料があるはずだと調べた結果、東大史料編纂所で『関遠就縛始末』という文書を発見しました。「遠」は鉄之介の諱（いみな）なのです。この発見は非常に嬉しかったです。

それを見ますと、彼は大子あたりでいろんな人の助けを借りて、奥那須の三斗小屋（さんど）にひそみ、それから越後まで行って、荒川温泉郷の湯沢でつかまったと書いてあるのです。新幹線がとまる越後湯沢ではありません。私は地元に行きまして現地の資料を見てみると『関遠就縛始末』の記述と合致し、湯沢で捕らえられたことが判明したのです。雲母温泉で捕らえられたのではないのです。侘（わび）しい旅館が二軒並んでおり、右側の「田屋」という旅館で捕らわれたのです。結局はこのように現地へ行ってみないとわからないことがたくさんあるのです。

学者の方というのは自分の書斎に閉じ籠もりきりで出かけて行かない。素人の私はすぐ出かけます。なぜかというと例えば松があったと言っても、それが赤松なのか黒松なのかわからないと書けないし、それから馬が駆けてゆく場面を書くとしても巻きあがる土ぼこりが茶色なのか、あるいは砂っぽいのか、土の色を実際に見ないと小説を書けない。ですから現地に行くことになります。現地でこつこつと地元の資料を収集し、そこから新たな発見もあるわけです。

最初は歴史小説を書くのに専門家は怖かったですね、そういう人たちは何でも知っていると思って。ところが有難いことにその方たちは歩かない、私は歩く。ですから新しいものが摑めるのです。

ただうちの兄が「関鉄之介はこう思った。なんて書いているけれど、思ったかどうかわかんねぇじゃないか」なんて言います。しかし、私が関鉄之介を書いている時、彼に同化しているのです。よく夢で私も目明かしに追いかけられてうなされました。女房が起きて「また目明かしね」と言ったり……。夢だけでなくて、近くの吉祥寺に飲みにゆくため公園の中を歩いて行きましたら、向こうから警察官が二人歩いて来たのです。どきりとして私は林の中の道に入りかけたこともあります。

私小説というのがありますけれど、それと同じように歴史小説なども私は主人公になりきってしまっているのです。ですから「……と思った」と書いても、私が関鉄之介なのですから「思った」にちがいないのです。そう信じこまないと小説は書けないのです。

小説『生麦事件』創作ノートより

落第を覚悟した開成時代

吉村でございます。

今、落語の話がありましたが、実は昨日林家こぶ平さんがうちに訪ねてきたのです。なぜ訪ねてきたかというと、私がちょっとエッセイで、神楽坂演舞場というところで終戦の前年、林家正蔵という噺家の落語を聞いたことがあったと書いた。この間テレビを見ていてどきっとしたのです、林家正蔵さんがうつっている、それがこぶ平さんだったのです。こぶ平さんの祖父が正蔵さん。血は争えぬものだと。そのことを書きましたら、今、林家正蔵さんのことを知っている人がいないので、私に正蔵襲名のときの口上書を書いてくれというので、それで昨日来たのです。

何だが、私はちょっと寂しいような感じがしまして、そんなに年をとってしまったのかなと思ったのですが、でも落語がとても好きだったのです。

私は、今布能君が言ったように、昭和十五年に開成へ入ったのですが、二年の二学期の試験の前日に肺結核の初期の肋膜炎になりまして、それで一カ月ぐらい休んだ。二学期の試験を受けませんから、これは落第を覚悟していたのですけれども、幸いにして三年生に進級できました。最下位で……。

それから、五年になりましたら勤労動員だったのですが、今度は一歩進んだ肺浸潤になりまして、これは長く寝ていました。作品集（平成四年『吉村昭自選作品集』全十五巻別巻一、新潮社）が出るので開成へ調べに行ったのですけれども、中学五年生のときの出席日数が五分の二。五分の三は病気で休んでいたのです。ですから、これは絶対に卒業できない。ところが、その年は戦時特例で四年生も一緒に卒業するというので、私は幸運にも卒業できたのです。

でも、それから学習院の高等科、昔の旧制高校ですけれども、そこへはからずも一番で入りましたものの、今度は喀血して、末期患者になってしまったのです。

幸いにして、そのときにドイツから肺結核の手術法が日本に導入されました。それで、私の体の左の胸は、二十五センチの長さで肋骨が五本ないのです。ということは、そのときに肋骨を切除された。土木工事のような手術だなと思いました。それも局所麻酔で、全身麻酔ではないのです。五時間半かかったのですが、激痛の連続でした。

すると、病院のほうでもそれへの対処をしていまして、殴る専門の看護婦さんがいたのです。「痛い、痛い」と泣きわめくと、「男でしょう」とか言ってひっぱたく。ところが、私は幸いにしてひっぱたかれなかったのです。なぜかというと、「痛くない、痛くない」と言って泣き叫んでいたのです。「痛くない」と言うのですから、殴る理由がないのですね。

当時、その手術の一年以上の生存率は三五パーセントだと言われていました。私は四十七番目に東大分院で手術したのですが、手術中に四人死んでいる。局所麻酔ですから執刀医の外科医の話していることが全部聞こえるのです。その先生が、「変なとこ切っちゃったなあ」と言ったのです。四人死んでいますから、「これは大変なことになったな」と。だけれども、その後こうやってぴんぴんしているのです。

二十年ほど前、ある医学雑誌の企画で、そのころの肺結核の手術というもの、そして、僕という人間はどんな患者だったのか、それについてその外科医と対談したのです。対談の題が「切った人、切られた人」。先生に私は言ったのです、「先生は『変なとこ切っちゃったなあ』と確かに言ったんですけれども、一体どこを切ったんですか」と。後遺症が出ると困るから。ところが先生は、「あれは私の口ぐせだ」と言うのですね。手術中に一回か二回はそういうことを言うのだと。でも、私も小説家で疑い深いほうですから、この中に外科医の方がいると申し訳ないのですが、変なところを切っているのではないでしょうかね。

十年ほど前、外科医のその先生が入院しまして、私はお見舞いに行ったのです。先生に「生存率三五パーセントと言っていましたけれども、先生は何例ぐらい僕と同じ手術をなさったのですか」と。そうしたら、五百余例だと。それで、「今生きているのはどの程度なんですか」と言いましたら、消息があるのはあなただけだと。確かに私もエッセイとかそのようなものに手術を受けたことを書くのです。ところが、私より前に手術を受けた人は一人もいない。だから、もしかすると、生きているのは私だけかもしれないのです。そのように私の中学時代というのは惨憺たるものだったのです。

ですから、開成を卒業したときの内申書を私は持っていますけれども、ビリだったようです。その年は入学試験がなく内申書選考でしたので、上級学校へ行けなかったのは恐らく僕だけではないかなと。そのような惨憺たる開成中学時代で、現在は小説を書くようになっています。

史実はそのままドラマなのです

昨年の秋、ロシアの作家から私に会いたいという申し込みがあった。しかし、ロシアの今の文学というのはだめですからね。昔はトルストイとかドストエフスキーとか、そのような人たちがいたころは大したものだったのです。やはり国家権力というのが強くなってしまうと、芸術は必ず衰退するのです。古今東西すべてそうです。ですから私は、会いたいといわれても、ロシアの現代文学を知らないから、お話しすることはありませんと断ったのですが、そうしたら、その人が吉村さんにどうしても聞きたいことがあるのだと。ロシアから来たのだからぜひ、というので、それでうちに来ました。

トドのようなでかい男の方でして、その人が言うには、その方も歴史小説を書いているのですが、ロシアの歴史小説もいろいろ工夫をするというのですね。この男と女ができるようにしたとか、いろいろと作り話をして読者の興味を引いているのだと。

ところが、吉村さんは聞くところによると史実だけ、史実に忠実に書く非常にまれな人だということを聞いたので来たのです、と言うのですね。

「どうして史実だけなのですか」と聞くものですから、私は、史実というものはそのままドラマなのですと。ですから、史実を忠実に書いているとそれが小説になるのですと、そのような話をした。通訳の人から、後で電話がかかってきまして、その作家がとても感銘を受けたと……。

いろいろと歴史小説もありまして、ああ、ここで男と女を結びつけてしまったなとか、そのようなものがあるのです。だけれども、私はそれができない。ということは、ある一時期、七年半だけ戦史小説、大東亜戦争ですが、戦争の小説を書いていたのです。そうしますと、艦載機が何時何分に飛来した――、一分違うともうだめなのです。ですから、戦史小説というのは史実に忠実過ぎるくらい忠実じゃないとだめなのです。だから、そのくせが残ってしまって、歴史小説を書いていて、史実に忠実にということがそのまま私の体に染みついてしまっている。

そのように、戦史小説から歴史小説を書くようになって、定説が史実とちがうことがあるのに驚きました。

定説をくつがえすのも、作家の務め

例えばペリーの来航。ペリーの来航については必ず教科書とか歴史書に、「幕府は大慌てに慌て」と書いてある。ところが実際調べてみると、そうではない。幕府はオランダ政府に対して、そのときどきの世界情報書を必ず船に乗せて長崎に届けろと。それを、翻訳して江戸へ急送したのが「阿蘭陀風説書」です。

ペリーが来航した一年前の「阿蘭陀風説書」、その写しを私は持っていますけれども、そこには、アメリカの国会で、来年、軍艦四隻を日本に派遣すると決議した、大将はペリーと書いてある。つまり、一年前に幕府はオランダ政府からの情報で知っていたのですね。ですから、慌てたり何かしていたわけではない。「ああ、やっぱり来たか」と、そのようなことなのです。来航した蒸気船についても「たった四杯で夜も眠れず」などというが、既に日本では蒸気船の雛型（ひながた）を造っていたのです。

このようなことが、歴史小説を書いているうちに調べると続々と出てくる。定説をくつがえすのも、私たち歴史小説作家の務めでもあるわけですね。

それから今度は歴史小説を書く上で当時の風俗を知っておく必要がある。例えば主人公が旅に出る時、何を履いていったらいいのか、どんな着物を着ていったのか、そのようなことから始めなければならない。

旅をするときにはわらじを履く。途中で二足、三足取り替えながら旅をしたものです。ところが、まめができて、旅籠（はたご）へ着く。足の治療法はどうするのか。木綿針に糸がついている。墨をすって糸をそれに浸し、白い糸などは黒くなる。針をまめの横から突き刺して抜く。そうすると中に墨が残る。それで一晩たつと治ってまた旅ができる。そのようなことが当時の本に書いてあるのです。私もこれを実験しようと思ったのですが、なかなかまめというのはできませんですね。だから、実験したことがないのですけれども、そのようなことがちゃんと書いてある。

私の家内はＮＨＫの大河ドラマというのが好きで、よく見ているのです。ところが、私にはアラばかり見える。例えば、馬を引いている馬子が、提灯（ちょうちん）を手にしながら歩いている。あのようなことはありえない。当時の菜種油というのは高いので、提灯を手に歩いているのは格の高い武家か、それともかなりの商人ですね。ですから、当時の川柳に、「黒犬を提灯にする雪の道」というのがある。雪の道は白いですね。そこを、前に黒い犬が歩いている。それを提灯代わりにして歩く。それほど江戸の闇は濃かったのです。

それから、『鬼平犯科帳』というのがありますね。池波正太郎さんが書いた長谷川平蔵というのは、実在の人物です。テレビはなかなかうまくできている。女房は見ているし私も見ていたのですが、やはり気になることがある。『鬼平犯科帳』の鬼平の、あれは旗本ですから、そこの門のところに「火付盗賊改」と書いてある。当時は表札というのはなかったのです。あるのは商店だけで、例えば、「薩摩藩下屋敷」とか、そのような看板は下がっていないのです。

ですから、そのようなものを見ていて、一般の人のうちにも表札というのはなかった。女房に言う。「当時は表札はないんだ」と。そうすると、これは言うか言うまいか迷いながら、やはり女房は女房で、「だって火付盗賊改って書いてなければ分からないじゃないですか」「いや、それはそうだけど……」、難しいのです。それで「あんたはあんまりいろんなことを言うから、向こう行って野球でも見ててください」などと言われるのですけれども。

幕府倒壊の発端、生麦事件

それでは、生麦事件にいきましょうか。

生麦事件というのは、幕末に薩摩の藩主のお父さん、島津久光という人が江戸へ来るのです、天皇の命令で。それで、帰っていくときに生麦村、今は横浜市鶴見区生麦町になっていますけれど、そこへかかったときに、向こうから横浜に住んでいるイギリス人の、男が三人、女が一人、それが馬で来るのですね。川崎の大師にお参りに行く。そのときに接触してしまう。それでリチャードソンという男が斬り殺される。イギリスは怒りますよね、賠償金をよこせとか下手人を出せとか。

しかし、薩摩はことごとく拒否したので、イギリスは軍艦七隻を鹿児島へ派遣する。そこで戦いがあり、これを薩英戦争というのですが、ところが、その後、薩摩はイギリスと和解しまして、そして外国から新鋭の兵器を輸入して、それが幕府倒壊に結びついたのです。ですから、この生麦事件というのは非常に重要な事件なのです。このことを私は書いたのです。

最初の出だしというのが、島津久光の大名行列、これが今の高輪にあった薩摩藩の下屋敷から出るところから私は書き始めたのです。事件の内容を調べるため鹿児島に行きましたけれども、意外なことに生麦事件を調べている人がいないのです、一人も。したがって、研究書も出ていない。私は実は非常にうれしかった。土足で宝の山に入っていくような快感なのです。それで私は独自に調べ始めた。

最初に、大名行列。ここでまずつまずいたのです。参考書というか、そういうものが一冊もないので実地に調べた。大名の中で一番石数が多いのは加賀百万石ですから、金沢へ行きました。それから薩摩へも。いろいろなところへ行って調べた。そうしましたら、驚いたことに規模が大きいのですね。加賀藩では大名行列は七千人、鹿児島は三千人なのです。

大名行列というのは規模を大きくすると、それだけ大名の力が減ってしまって衰微させるという、そのような幕府の政策だなどと、そのようなことはないのです。当時は、大名がこの機会に全国に自分の藩の威容を示そうと思って、堂々と行列を組んで歩いたのです。

なぜ、七千人、三千人という規模なのか。大名は宿場に入ると、本陣というところに泊まるのですが、大名は一切本陣で出した料理を食べない。毒殺を恐れたのでしょうね。ですから、料理を作らなければならないので、調理人それから鍋、釜、包丁、七輪、漬物の桶まで持っていっているのです。おもしも持っていっているのです、漬物の。途中でウリとかナスなど買いまして、漬けるのですね。それから、お医者さんがもちろんついていきます。それから髪結いさん。馬も行きますから馬医者。大名が途中で用を足す場合のために携帯用便器というものも持っていく。用を足すときに、周りの人に見られてはまずいからというので、幕を張り、それも持ってゆく。そのようなことから規模が大きくなる。

薩摩藩士はどう英国人を斬ったか

この生麦事件の場合、薩摩藩下屋敷から出発しました大名行列が、生麦村にかかります。「生麦」というのは、江戸初期に東海道を開削(かいさく)するとき、麦が生の麦だったのです。まだ収穫期ではなく、それを刈りとったので「生麦村」という地名ができたわけなのです。

ここに大名行列がさしかかります。行列は三グループに分かれている。最初に行くのが先導組。その次が大名の駕籠を担ぐ、十人で担ぐのですけれども、その本隊が行く。その後ろの第三グループ。島津久光の場合は約五百人で、長さが一キロ。生麦村には、横浜方面に松並木がある。そこを馬に乗った、婦人一人を含むイギリス人四人がやって来る。

私は、その情景について、「馬も人もかげろうに揺らいでいた」と書いた。私の創作で、むろん記録にはありません。しかし、生麦村の庄屋の日記を見ますと、二カ月間全く雨が降っていない。それで「残暑厳しき折から」などと書いてある。ですから、そのぐらいの暑さで雨が降っていなければ、かげろうで揺らぐ。

馬が四頭来ます。そのころは日本は尊王攘夷といいまして、外国人を殺しかねない時代ですから、恐る恐る四頭の馬がその脇を通り抜けていった。薩摩藩士はすごい顔でにらみつけていたという記録もあります。そこのところを通り抜けてイギリス人はほっとした。そうしましたら、今度本隊の、第二グループがやって来る。行列は二列縦隊で、大名の乗っている駕籠は、真ん中にありますから、そこだけ蛇が獲物でも飲んだように膨らんでいる。それで、そこのところに来たときに接触してしまった。

大名行列を突っ切っただけでも切り捨て御免という時代ですから、奈良原喜左衛門という藩士が刀を振るって、リチャードソンの脇腹を斬り払って、肩から斬り下げたのですね。ほかのイギリス人はみんな逃げます。リチャードソンは、途中の松並木のところで落馬してしまう。それをまた追いかけていった薩摩藩士がとどめを刺すのです、畑の中へ連れ込んで。あとの二人は重傷を負って、アメリカの大使館のようなところに逃げ込む。婦人だけは帽子を飛ばされまして、これはもう泣きながら横浜に戻っていった。それが生麦事件。

私もその箇所を書いて、うまく書けたなと思ったのです。ところが、夜明けに目を覚ましまして、ちょっとおかしいと。というのは、リチャードソンは馬に乗っている。イギリスの男たちが乗っている馬というのは、上海から持ってきたアラブ系の馬で背が高い。婦人のマーガレットが乗っていた馬は日本の馬で、背が低い。そうしますと、アラブ系の馬に乗ったリチャードソンの脇腹を払うのはいいけれど、果たして肩から斬り下げられるだろうか。向こうは馬に乗っているのですから。ちょっとこれはおかしいな。ちょっとどころではなくて、はなはだおかしい。とうとう筆が動かなくなってしまったのです。

それで私は、その日の午後鹿児島へ飛行機で行きました。肩から斬り下げられるわけがない。それはどのようなことなのだ。鹿児島の史家の方に疑問を出しましたら、奈良原喜左衛門の剣法というのは野太刀自顕流という流派に属していて、脇腹を斬り払って肩から斬り下げるのを「抜き」といい、この抜きというのが彼は非常にうまかったと。お殿様の前でもそれをご覧にいれたのだと、そのような記録がある。

その研究会があるというので、「そこへ連れていってください」。それで、私はタクシーで行きました。八十幾つの方でしたけれども、背の高い、その人が研究会の会長なのです。私の話を聞いて、ああ、そうですかと。それで、奥から朱鞘の刀を持ってきたのです。

そのとき気がついたのですけれど、普通の刀よりもはるかに長く、しかも、幅も広い。

その方が片膝をついて「抜き」の剣法を見せて下さった。天井にでも突っかかるのではないかと思うぐらいにすごい。「ああ、そうか」と思ったのです。さらに奈良原喜左衛門が「六尺豊かな大男」と書いてある。背が高い。だから、こう斬ってこのように斬ることは可能なのですね。それで、やっと私も落ち着きまして、東京へ帰ってきまして書き直しました。

担当の編集者が笑うのです。たった二行。「野太刀自顕流の長大——長くて大きな刀で脇腹を払い、肩から切り下げた」、それだけなのです。ですけれども、それを自分で納得がいかないと筆を進められない。ですから、そのようなことは常にあるものなのです。

和解に出た島津久光

この大名行列は、そのまま京都を経て鹿児島へ帰ってしまいます。盛んにイギリスのほうでは賠償金をよこせ、下手人を出せと言う。薩摩はそれを全部拒否していましたので、イギリスが攻めてくるだろうと。

その予測どおり、イギリスは七隻の軍艦を率いて鹿児島湾に行ったわけなのです。鹿児島でもそれを待っていますから、大砲での激しい砲撃戦となりまして、鹿児島の町の大半が焼かれました。ただし、イギリスの軍艦の、今で言えば連合艦隊司令長官のような人が戦死したり、その次の人も戦死したり、私は冷静に考えてこの戦いは、薩摩が五・五、イギリスが四・五、鹿児島の辛うじて勝ちだという、そのような判定をしたのです。

当時は横浜にイギリスの新聞記者がいっぱい駐在していまして、生麦事件についての記事を本国に送っていた。私も横浜へ行って、それを見ました。そうしますとイギリスの国会では、これは負けた、日本に負けたと。イギリス側はショックだったのです。

それで、大名行列の駕籠に乗っていた島津久光、この人が鹿児島藩士たちを一堂に集めて、「この戦いは勝ったのか負けたのか」と言いましたら、みんな「勝った」と言うのですけれども、その中で小松帯刀（たてわき）という家老がいる。この人が「負けました」と言うのですね。なぜだと。兵器が違っている。イギリスのほうはアームストロング砲という大砲です。射程距離が三千五百メートル。ところが日本のほうは青銅砲といいまして、銅で作った大砲で八百メートル。それからさらに銃ですね。日本側は火縄銃。ところが向こうはライフルで連射式のやつだった。だから、鹿児島は負けました、そのようなことを小松帯刀が言ったのです。

この小松帯刀という人は、明治になって長い間生きていれば大変な人になっただろう、第一等の人物だった。この小松帯刀の言葉によって、それではイギリスと和解しようと。

そして、イギリスから銃砲、大砲とか銃とか、そのようなものを積極的に輸入しよう。もうこれは島津久光という人も偉いですね。それでイギリス側と交渉しましたらオーケーということになって、イギリスから大砲とか銃が輸入されたのです。

武器で結びついた薩摩と長州

長州藩もそのころ、下関海峡を通過する外国船を無差別に砲撃していたのです。これも先ほど言いましたように、尊王攘夷ですね。外国の勢力に負けないぞということを誇示するために、無差別に砲撃していたのです。それで、外国も怒ってしまって、アメリカ、オランダ、フランス、それからイギリスなど、連合艦隊が下関へ行ったのです。そして、長州藩と戦闘をしましたが、長州藩が惨敗。大砲や青銅砲なども随分持っていかれてしまって、今アメリカなどに展示されたりしていますけれど、そのようにして長州も全く負けた。

そのときに井上馨（かおる）と桂小五郎が長崎に行きまして、グラバーというイギリスの商人と交渉して、「銃と大砲を輸入したいんだ、頼む」と言いましたのですが、そのころは長州征伐というのがありまして、幕府は長州だけには売るなと、外国商人に圧力をかけていたのです。それで、だれも長州藩の要求にこたえなかった。

桂と井上は、たまたま長崎に来ていた小松帯刀のところに行ってなんとかして欲しいと。小松帯刀は快諾し、分かった、薩摩の名義を貸しましょうと。それで、どんどん輸入なさいと。二人は大喜びして、そして長州藩は外国の銃砲、それから軍艦まで輸入したのです。その、薩摩が斡旋（あっせん）したということを、長州藩の藩主とその息子さんがお礼状を送っている、鹿児島に。ともかく斡旋していただいてありがたいと。薩摩藩と長州藩で幕府を倒すことに全力を挙げましょう、そのような礼状が行っているのです。つまり薩摩と長州が結びついたのです。

薩長同盟というと、坂本龍馬が斡旋したことになっているのですが、坂本龍馬は土佐藩の藩士ではなく、郷士です。坂本龍馬が両方を仲介して薩長同盟を結ばせたといわれていますけれども、そのようなことは史実にないのです。

一人の人間が薩摩と長州、今のアメリカとソ連のようなものですが、それを中に入って話をつけるなどありえない。一番最大のものは武器なのです。武器で合致してしまった。

それで、この薩摩・長州が新鋭銃、新鋭の大砲、これを輸入して、そして幕府と対抗する。鳥羽伏見の戦いで、幕府軍は一万五千人、薩長のほうは四、五千なのですね。それで圧勝してしまったのです。なぜかというと武器なのです。武器の勝利なのです。

ですから、今お話ししたように、幕府が倒れた、その発端になったというのがこの生麦事件。それによって幕府というのは倒壊し、明治維新が成立したのです。

大体ここらへんで終わろうと思うのですけれども、あと、ちょっと時間がありますので、私が歴史小説を書いていて感じることがあるので、それをお話しいたします。

優秀な江戸人

江戸人というと、何か随分未開の国の人なのではないかという感じがしますが、調べてみると、江戸人というのは大変、優秀だったということが分かるのです。

例えば、道路についても、ケンペルという長崎のオランダ商館に勤めていたヨーロッパ人がいましたが、日本からヨーロッパへ帰っていって、『日本誌』という書物を出している。この中に、「おや？」と思うようなことが書いてある。というのは、日本の道路というのはヨーロッパのいかなる国の道路よりも優れていると書いてあるのです。さらに読んでみると、日本の道路、街道というのは、あれは幅が四メートルぐらいと決まっているのですが、砂をまき、砂利をまき、側溝もつけて、水はけもいい。大八車のようなものの通行を許さなかった。荷を運ぶのに牛と馬。わだちの跡がついて道路が荒れるからです。

それから、松並木。これは防風林であると同時に、夏に旅をする人が、その下で涼をとることができる。

それから宿場のこと。宿場というのは、朝七時ごろ歩き始めて夕方三時か四時ごろには向こうへ着ける。そのような距離に宿場が設けられている。宿場には馬宿がある。宿場から宿場へ旅人が行くときに馬に乗っていく。

それから、飛脚。宿場には飛脚問屋というものがありまして、そこに足の速い飛脚が待機し、次の宿場まで走っていく。「駅」という字がありますね。「馬」偏、ということは、その宿場を駅ともいったのです。今の駅伝、その元祖は飛脚制度なのです。江戸から京都まで急飛脚が行くと、二日とちょっとで行ってしまっているのです。それほど機構といいますか組織が完備していた。

それから、日本人の文字を知る率、識字率ですね、当時世界最高だったのです。これは学者が立証していますけれども、私は私で小説を書いているときにそれが分かります。例えば、人が処刑されるときに、外国ですと西部劇を思い出していただくと分かりますけれども、ある町で犯人が捕まる、保安官が牢屋に入れる。すると、そこへ馬車か何かで地方回りの判事というのが来る。そこで裁判。その犯人を縛って外へ出して、「この男は――」と言って、「銀行強盗で何人殺したから死刑に処す」。絞首刑ですね。言葉で言っている。

ところが、日本の処刑方法は竹矢来(たけやらい)が組んである。入り口のところに高札(こうさつ)というものが立てられている。「百姓何平、右の者金を盗んで人をあやめたにつきはりつけの刑に処す」と、書いてある。文字なのですね。全部が全部読めるとは限りません。しかし、大多数の者が読めるから文字で書いてあるのです。

キスに慌てた高橋是清

私は漂流記を今まで七篇書きましたけれども、漂流記というのは太平洋、あそこは黒潮というのがありまして、難破船が黒潮に乗って漂流してしまうのです。アメリカまで行ってしまう。漂着すると、アメリカで生活しなくてはならない。まず言葉の問題、例えば、「水」というのは何と言うのだろうか。それを、水を指して、これは何と言うのか、と聞く。それで、一生懸命そのようにして会話集というのができるのです。ですから、漂流者がアメリカから、本当にこれは運のいい人なのですけれど日本へ帰ってくる。当時鎖国政策ですから、日本から離れたらもう罪人扱い。それで、奉行所で取り調べを受けるのですね。

その調書を吟味書といいましたけれども、これが残っている。それで、この吟味書の一番最後に会話集も載っている。例えば、「水」と書いてある。「ウォーター」などと書いてあるのはありません。「ワラ」とか「ワタ」と書いてある。そのように聞こえるのですね。「メイヤー」というのは、市長、これは「大名」と書いてある。それから、「グーモー」、グッドモーニングですね。「おはようございまする」。それから、「サンキュウ」、または「サンキョウ」などと書いてあるのもありましたけれども、これは、「かたじけのうございまする」。そのように書いてある。

必ず会話集で書いてあるのが「キス」。当時日本には一般的にキスというのはなかったのですね。

ところが、アメリカへ行ったら盛んにやっている。びっくりしたのですね。高橋是清という、後に大蔵大臣になった人が、明治四年だかにアメリカへ船で行ったときに、七歳の女の子と船の中で仲よくなる。かわいがったのですね。それで、サンフランシスコへ船が着いて、別れるときにほっぺたにキスをされた。高橋是清は慌ててしまいまして、さっそく洗面台へ行って顔を洗ったという、そのようなことが日記に書かれてある。

そのようなわけで、漂流民は驚いてしまって、それを書いているのですね。「キス——互いに口をなめ合うこととなり」「互いに口を強く吸い合いてチュウというなり」などと書いてある。「はなはだ汚らわしき風俗なり」と。ところが、ある吟味書を見ましたら、「キシ」というのがあった。「キシ」とも聞こえるかなと思って、その船乗りの出身地を見たら東北地方だった。「ス」と「シ」が違うのですね。

パンのことは「ブレ」。「麦もち」と書いてある。パンの製法とか何かそのようなことも書いてある。

肉は日本人は食べませんでした、忌み嫌って。牛乳も飲まない。ところが向こうへ行くと、それを食べなければ飢えてしまうから、やはり牛、豚、牛乳も飲む、そのような説明も書いてあるのです。「初めはとても嫌で嫌で、もう申し訳なかったけれども食べました」と、「意外と美味でございました」などと書いてある。

ところが、「ハム」というのが出てきたのです。これは難しいですよ、日本語に直すのは。当時、日本人はけだものの肉というのは食べなかったのですね。でも、ウサギを食べている。それからイノシシも食べている。イノシシが走っているときには「イノシシ、イノシシ」と言っているのに、さあ、食べる段になると、「山鯨」と言う。鯨が山に登ってきたものである、それを食べたと。後ろめたいからそのようなことを言っている。ところが、このハムというのは、日本語にするのは難しい。何て書いてあるのかと思ったら、けだものの肉、「獣肉のかまぼこ仕立て」と書いてある。これはうまいなと思いました。

大体、日本人の字を知る率というのは、船乗りなどでも、漂流して海外から日本へ手紙を送るのにみんな平仮名ですね。ただし、船頭ともなると、荷の受け渡しがありますから、立派な漢字で書いてある。日本人の識字率は高かった。そのことをぜひ皆さんに知っていただきたいと思うのです。

時間がだいたい参りましたので、これで失礼します。どうもありがとうございました。

日々の暮しの中で

近所の鮨屋

「縁起のいい客」と題するエッセイを書いたことがある。私がなじみの小料理屋に行くと、不思議にも客が後から後から入ってきて、店主に縁起のいい客、とありがたがられていたのである。

それが、二年ほど前から事情が一変した。繁昌している店であるのにやめてしまう店がつづき、十店ほどあったなじみの店が、わずかに一つになってしまった。私が行っていたからつぶれたようにも思え、自ら貧乏神のようにも思えている。

そうした今はなき店の一つについて、書く。

わが家からすぐ近くにある商店街に、鮨屋があった。鮨はにぎり方が最も大切だが、店主のそれは申し分がない。タネはまずまずで、それだけに値段も程々であるのでよく足をむけた。

店主は岩手県生れで、東京に長い間いたというのに訛（なまり）がぬけない。人柄がよく、近くの人たちが集まり、かれらと話をするのも楽しかった。

除夜の鐘の鳴る夜には、井の頭公園の弁財天に初詣をし、帰途その店に寄るのが習わしであった。顔なじみの近所の男たちがすでに鮨を肴に酒を飲んでいて、かれらと言葉を交しながら酒を飲み、新年を迎える気分になった。

そのうちに、商店街の活気がうすれるにつれて、客の姿が少くなりはじめた。手伝いをしていたかれの妻も、客がめったに来なくなったので、店に出ることもなくなった。私は、不安になった。このままでは経営が成り立たず、閉店ということになる。拙宅に訪れてくる編集者を誘って店に行き、飲むことをつづけてきたが、それも叶わなくなる。

私が行っても、店の維持には関係ないと知りながらも、夜になると週に少くとも二度は、かれの店に行った。

やがて客の姿は、ほとんど見られなくなり、プロ野球の好きなかれは、カウンターの外に出てテレビの画面に眼をむけている。野球のない夜には、「水戸黄門」などをぼんやりながめていた。

危機感をいだいた私は店に行くことを繰返し、外出した夜には、店の前でタクシーから降り、ガラス戸を開けたりした。

一昨年の秋がふかまった頃、玄関にかれが妻とともに来ているという。書斎を出た私は、やはり……と思いながら玄関に行った。

二人は深く頭をさげ、

「長い間御贔屓をいただき……」

と、閉店の事情を述べ、近郊の農村地帯に引越すと言って、握り鮨を並べた大きな桶を差出した。

その夜、店に行き、引越しの準備をしているかれに、餞別を渡し、

「元気でな」

と言って、路上に出た。

三日月が空にかかっていたのを、今でもおぼえている。

こぶ平さんと正蔵さん

昨年の夏の頃であったろうか。

夜の番組だったと思うが、テレビの画面を見るともなくながめていた私は、一瞬、画面に視線を据えた。

少し横をむいた中年の男の額が、先々代林家正蔵さんそのものである。正蔵さんは戦後まもなくこの世を去ったはずだが、生きかえってテレビに出ているような、驚きというより空恐ろしさをおぼえた。

正面に顔をむけた出演者は、落語家の林家こぶ平さんであった。こぶ平さんは正蔵さんの孫で、血というものは恐ろしいものだ、とつくづく思った。

正蔵さんの息子さんは林家三平さんで、三平さんが生存中、なぜか知らぬが、蝶家楼(ちょうかろう)馬楽(ばらく)さんが林家正蔵を襲名した。

馬楽さんの高座も何度か観たが、噺家としては地味すぎるほど地味の人であった。面白くもおかしくもなく、ただ坐っているだけのような噺家であった。それが正蔵を襲名してからは、なんとも言えぬ味わいがあり、高度なおかしみに魅（み）ちた絶妙な噺家に変身していた。

林家正蔵といえば、現存では元蝶家楼馬楽さんのことになっている。

こぶ平さんの祖父林家正蔵さんは、いわゆる華のある噺家であった。軽妙な語り口で、私は主としてラジオできいていたが、その噺に堪能していた。

高座の正蔵さんを観て最も印象的であったのは、神楽坂演舞場であった。

終戦の前年の春と記憶しているが、まだ空襲が本格化しない前であった。

中学三年の頃から、私は足しげく寄席に通い、主として上野の鈴本、少し足をのばして人形町の末広にも行った。

なぜ、神楽坂演舞場へ行ったのか、記憶は定かではない。演舞場とあるからには、神楽坂の芸者衆の踊りの場所であったのだろうが、その舞台が寄席の高座になっていて、噺家も出演していたのである。

六十年も前のことで、これも記憶が定かではないが、神楽坂の坂をのぼって左手に演舞場があったような気がする。寄席は一般的に淡い光が高座をつつんでいたが、演舞場は眩（まばゆ）いほど明るかったことをおぼえている。

さまざまな噺家が高座にあがったのだろうが、おぼえているのは正蔵さんだけである。

着物の羽織が萌黄色で、いかにも正蔵さんらしかった。どんな噺をしたかも忘れたが、私は明るい電光をあびた正蔵さんの噺に満足だった。

こぶ平さんが正蔵さんとそっくりであったこと、演舞場に正蔵さんが出演していたことについてエッセイを書いたところ、しばらくすると、こぶ平さんのお母さんである海老名香葉子さんから、拙宅に電話がかかってきた。

こぶ平さんが年が明けて林家正蔵を襲名するので、その口上書を書いて欲しいという。祖父の正蔵さんを知っている人はきわめて稀で、そういう意味からも襲名を祝ってやって欲しいのだ、という。

こぶ平さんの住む家は、私の生れた日暮里の隣町である根岸で、そうしたこともあって快諾した。

翌日、こぶ平さんが私の家を探しあてて訪れてきた。新聞の高座評では精進いちじるしいとあったが、実際の噺はきいたことがない。こぶ平さんの顔は、当然のことながら正蔵さんより若々しいが、華のあった正蔵さんと相通じているところがあるように思えた。

私は口上書を書き、こぶ平さんのもとに送った。

こぶ平さんは、年が明けた三月中旬に正蔵襲名披露の会があるので、出席して欲しいと言って帰って行った。その会には現在活躍している多くの落語家が祝いに来るのだろうが、その明るい空気の中に、私のような地味な小説家が行ってもいいものかどうか。華やかな雰囲気を乱すような気がして、出席するかどうか今もって思いあぐねている。

一人旅

小説の内容がたとえフィクションであっても、扱う素材の基本調査は欠かせない。そのため大きな薬液のみたされた医科大学の槽に入っている死体の群れを眼にしたり、介護疲れで夫を殺した老女の裁判を傍聴したりもする。

関与者に会って話もきくが、私が初めて多くの人に会ったのは、『戦艦武蔵』という戦史小説を書いた時だった。八十七人という数をおぼえているのは、その都度いただいた名刺を保管していたからで、造艦技師やその関係者、艦の乗組員たちであった。

その小説を書いた頃は、芥川賞候補に四回推された身ではあったものの、いわば無名の新人で、私は、一人で長崎をはじめ各地におもむいて関係者に会い、資料を収集した。前年まで会社勤めをしていた私は、退職金をこの旅でことごとく費消した。

この四百二十枚に及ぶ小説は、文芸誌「新潮」に発表されはしたが、正式の依頼ではなかった。私が重工業関係のPR誌に戦艦武蔵について書いていた連載エッセイに眼をとめた、新潮社の著名な編集者斎藤十一氏が、「新潮」の編集者を介して、私に書く気はないか、と打診してきたのだ。

私は、自信がなかったものの、書くことにきめ、本格的な調査に入った。それは私単独の調査であり執筆であって、旅も私一人であるのは当然であった。

かえりみると、この経験がその後の私の小説の素材にかかわる調査を決定づけたと言っていい。『戦艦武蔵』についで『高熱隧道』という長篇小説を書いたが、黒部第三ダムの隧道が素材であっただけに、工事現場に入ったり富山市その他で関係者に会うことを繰返した。その調査も協力者などなく、私はただ一人で歩きまわった。

なんの不思議もなかった。小説は私が書くものであり、必要があるから調査をするのであって、そのために各所をまわり、手土産を持って人に会い、資料を収集していたのだ。

沖縄戦の十四歳の少年兵を主人公にした長篇を書いた時には、一カ月半那覇に滞在したし、『陸奥爆沈』と題する小説を書下した時も、諸所方々に旅をつづけながら関係者に会うことを繰返したが、これらの作品も、すべて私の単独作業であった。

『陸奥爆沈』が出版された年の暮れ、「別冊文藝春秋」の編集者が拙宅に訪れてきた。私は同誌に、『三色旗』という長崎で不法行為をおかしたイギリス軍艦「フェートン号」を素材にした小説を発表していた。なぜ訪れてきたのか不審であったが、編集者は、五万円の入った紙包みを差出し、「取材費の補いに……」と、言った。

私は驚き、呆気にとられた。『三色旗』は私の仕事であり、原稿料も支払われるはずで、単行本におさめられれば印税も得られる。取材費などはその一部にすぎず、もらういわれはないのだ。

私は固辞したが、その記憶があるだけで、もしかすると、使いに来た編集者の立場を考え、受取ったのかも知れない。

その頃、私にとって初めての新聞小説の依頼が朝日新聞社からあった。当時、人類初の心臓移植手術がはじめられていて、それを素材にした小説を書いて欲しいという依頼であった。海外への調査が不可欠で、会話の不得手な私にフランスに留学歴のある編集部員が同行してくれ、旅費もあたえられた。

まず世界初の心臓移植がおこなわれた南アフリカのケープタウンに行き、さらに私は、その部員と別れてロンドンを経由してニューヨークに行き、第二、第四例の手術をおこなった病院で調査し、帰国した。

その後、日露戦争の講和会議を『ポーツマスの旗』という新潮社の書下し小説に書くためアメリカのポーツマスにおもむいたが、その折は一人旅であった。

この二度の海外調査で朝日新聞社と新潮社から旅費を支給されたが、なんとなくいわれのないお金を受取ったようで落着かなく、今でも胸にわだかまっている。

そんなこともあって、私は一人旅に一層徹するようになった。自由に振るまいたいという気持からであった。

たとえば、『生麦事件』という小説の冒頭で、馬に乗ったイギリス商人たちが薩摩藩の大名行列に接触した場面を書いた。激怒した藩士が抜刀して商人の一人の脇腹を斬り払い、さらに肩先から斬りさげた。

その場面を書き終えた私は、馬上の商人を肩先から斬りさげられるはずはないことに気づいた。馬はアラブ系の大きな馬で、その上に乗る商人の肩に刀をのばすことは不可能に思えた。その疑問を解くため、私はすぐに航空券を予約し、鹿児島へむかった。

小説を書く場合、このようなことの連続で、私は意のままにどこへでもおもむき、調査をする。

雑誌、新聞への連載小説の依頼を受ける時、「協力を惜しみませんから、何事でもおっしゃって下さい」と、言われるのが常だ。担当の編集者が、調査の旅へも同行し、手助けをしてくれるという意味である。

『深海の使者』という連載小説を「文藝春秋」に連載したことがある。同盟国であるドイツとの連絡は制海・空権が連合国側に支配されていたので、潜水艦による方法以外になかった。そうした素材であるだけに、私は各地に旅をし、多くの人から証言を得た。

その小説をほとんど書き終えた頃、親しい同社の編集者から、「なぜ一人で旅をするんですか。担当の若い編集者がつまらないと言っていますよ。どのように調査するのか、若い者にも見せてやって下さいよ」と、言われた。

会社勤めをした経験のある私には、実によくわかる言葉であった。社の費用で未知の地に旅をすることができる、それは得がたい楽しみであるはずだった。そうしたことから、編集者に同行してもらったこともあるが、それはきわめて稀なことであった。

妙なことも起った。九州の日田市に史実調査におもむいた時のことである。

あらかじめ市の教育委員会に電話をし、市に行く目的も告げて出掛けていった。市役所に行くと、課長が応対してくれて、若い男女の課員を案内役に命じ、私は市内を歩きまわった。

夕刻になって、二人の労をねぎらうため料理割烹店に行き、酒食を共にしたが、しばらくして打ちとけ合った頃、男の課員が思いがけぬ打明け話をした。

課長が、私が小説家と称しているが実はその名をかたっている公算が大きく、注意してつき合え、と言ったという。新聞に小説を連載している身ならば、当然、新聞社の編集部員、出版社の編集者が同行しているはずだが、単独であることがおかしく、小説家をかたっているとしか思えない、と。

私は、笑った。旅行をして一人で小料理屋で酒を飲んでいる時など、警察関係者、土建業者によくまちがえられるが、私には小説家らしい要素は全くみられないらしい。

「本人ですよ、まちがいありません」

私は、二人に笑いながら強調した。

その後も、私は一人で調査の旅をつづけている。それが私のこだわりと言ってよく、私はそれが気に入っているのだ。

老女の眼

『彰義隊』と題する小説を、十カ月にわたって新聞に連載した。

小説を書き終えて間もなく、御苦労様でしたという意味から、打ち上げと称する宴が新聞社によってもよおされ、私と挿絵を担当して下さった村上豊氏が招かれた。

村上氏とは、三十五年前からの縁である。元「改造文藝」の編集長であった岩本常雄氏が、「クレアタ」という製薬会社をスポンサーにした医学雑誌を発刊していて、私は『日本医家伝』という医学者列伝を連載し、挿絵を村上氏が描いていた。

その絵に魅せられ、その後、新聞に連載小説を発表する折には、挿絵を氏に、と依頼することが多かった。

打ち上げの宴では、私の小説と氏の挿絵のことが話題になった。

連載中、読者からの感想を記した書簡類が新聞社に送られ、それが私のもとにも回送されてくる。むろん小説に対する感想が書かれているが、同時に挿絵が素晴しいとも記されている。中には挿絵のことのみを書いている書簡すらある。

「手紙を寄越して下さった方は、小説を読むより絵を見るのを楽しみにしているようですね」

私が拗ねたような口ぶりで言い、座に笑い声がみちた。

私の史料収集の旅の話になり、しばしば旅中に私が刑事にまちがわれるという話を、村上氏が持ち出した。

なぜだか、私にはわからない。史料集めの旅では、一人で歩くのを常としているが、旅の楽しみで、夜、小料理屋に入って酒を飲む折に警察関係者とまちがわれる。小説家だと思われたことは、一度もない。

初めの頃は、そうではないと説明していたが、度重なるうちにどうでもいいやという思いになって、黙って手をふったりしている。それが、またいけないのだ。

そんな話が可笑しいらしく、数日後、私と村上氏でいわゆるトーク（対談）の催しをしないか、という話が新聞社の編集担当者からあった。私は、トークなどしたことはないが、村上氏も承諾する気配だと言うのでことわるいわれはなく、承諾した。

その直後、裁判の傍聴なるものを初めて経験した。

病弱な老夫婦がいて、死にたいと口癖のように言う夫を、妻が絞殺した。それが新聞に報じられ、私もその夫と同年齢なので、裁判を傍聴してみたい、という気持になったのだ。

私の家の近くに住んでいたことのある、Tさんという検事がいる。かれは、私の息子と同じ高校の後輩で、大学を出て司法試験に合格した。その頃、家の近くにある鮨屋で会い、判事、検事いずれの道を進むか迷っている、と、かれは言った。

「小父さんなら、どっちを選びますか」

その頃、かれは私を小父さんと呼んでいた。

「私なら検事」

即座に、私は答えた。かれの一生を左右する重大なことなのだが、酔いもあって事実を徹底的に追究するのが好みなのだ、と言った。

その言葉に影響されたとは思えぬが、かれは検事になり、地方都市に講演に行った時、その地に赴任しているかれが、講師控室に訪れてきたりした。

かれが東京にいることをたしかめた私は、かれの自宅に電話をかけ、裁判の傍聴をしてみたい、と言った。

傍聴はだれでもできる、とかれは言い、当日、私を地方裁判所に連れて行ってくれた。法廷に、男女の刑務官に付添われた被告人の老女が、車椅子に乗って入廷し、裁判官も正面の席についた。

裁判官は病弱の老女に収容されている拘置所ではどうしているか、と問い、寝てすごしていると答えると、車椅子からおりた彼女を、長椅子に寝かせた。

検事も弁護人も三十前後の女性で、検事が懲役六年を求刑し、その日の裁判は終った。傍聴できたので、それきりにしようと思ったが、判決はどうなのか気がかりで、再び裁判所に足をむけた。前回と同じように傍聴人は数名であった。

裁判官は、老女を再び横にさせて執行猶予つきの刑を言い渡した。胸に熱いものがつき上げた。主文を裁判官が述べたが、罰せられる要素がありながら、執行するのは酷と思われるという、情理をつくした文章であった。

裁判官は、控訴できることを告げ、それによって裁判は終り、一同起立した。老女は、体を起して車椅子に移った。検事や弁護人に目礼し、私の顔に眼をむけると深々と頭をさげ、思わず私もそれに応じた。

裁判が厳正で、美しいものに感じられた。なぜ、老女は私に頭をさげたのだろうか。彼女の眼は、私を直視していた。

私の顔は、単なる傍聴人の顔ではなかったのか。私が旅先で警察関係者と見られるように、そのような要素を老女は感じ、頭をさげたのだろうか。

路上に出ると、落葉が道の上を舞っていた。

作文

毎年、桜の散った頃、中学校（旧制）のクラス会がもよおされ、出掛けてゆく。

数年前までは午後六時からときまっていたが、近頃は昼食を兼ねた昼間の会となった。私としてはなんとなく落着かないが、幹事の諸君が、七十歳代半ばになったクラスメートの身を案じて夜、会を開くことを避けるようになったのだろう。

私は、毎日、酒を楽しんでいるが、体調が乱れぬように午後六時以前は決して飲むことはしない。これは私の戒律で、それ故クラス会ではウーロン茶を口にする。私が愛飲家であるのを知っているクラスメートは、その色からウイスキーの水割りと思うらしく、いぶかる者はいない。

少し酔ったらしい友人の一人が近づいてきて、

「女房に、おれの方があんたより作文がうまかったと言っても、どうしても信用しないんだ。そんなはずはないと言うんだよ」

と、言った。

これはなんとか、かれのためにしなければならぬ、と思った。

私は思案し、その友人の手帳に短い鉛筆で、

「貴君の方が小生よりはるかに作文がうまかった」

と書いて署名し、手帳を返した。

「いい記念になった」

友人は笑い、私からはなれていった。

事実なのだから仕方がない。中学校時代、クラスには名文家と言われる生徒が数人いて、書くたびに教師からほめられ、年に一回刊行される校内誌にその作文が掲載されたりした。

私の場合は、二年生の時に校内誌にのせられたことが一度あっただけで、概して作文の成績はクラスで中程度であった。私に近寄ってきた友人は名文家の一人で、校内誌に掲載された作文の内容も記憶に残っていて、感嘆したことをおぼえている。

私は作文に苦手意識を持っていて、教師にほめられる作文を書くことなど諦めていた。私が小説家になるとはクラスメートの、恐らく全員が思いもしなかったにちがいない。

旧制高校に入ってすぐに喀血し、肺結核患者として療養生活を送る間、読書に親しみ、秀れた作家の作品にふれて文章というものの美しさ、確かさを知った。それによって小

説を書くようになったのだが、そのような変身をクラスメートはだれも知らない。かれらが知っているのは、作文の下手だった私なのだ。

ボトルの隠語

昨年五月中旬に、三日二夜で長崎への旅をした。四十年前に戦史小説『戦艦武蔵』の調査のためにおもむいて以来、百八回目の長崎への旅である。

長崎へ行く度に必ず会って酒となった元図書館長故永島正一氏が、ある時、長崎へ行った私に今回で六十五回目ですよ、と言った。その位は来ていると思った私は、それから意識して回数を日程表に書くようになり、百回目には県知事から長崎奉行と記した立派な陶板を頂戴した。

その間に、ニューヨークで日本人として初めて世界第二、四例の心臓移植の執刀をした故古賀保範氏が長崎にいて、話をきくため何度か行ったこともある。

このようなことは全くの異例で、もっぱら歴史小説の史料収集のため長崎に行った。江戸時代、長崎は異国に開いた唯一の門戸で、異国とのかかわりについて書くことの多い私は、必然的に足をむけるのである。

史料収集の旅は、おおむね一人で行くが、その折の長崎行には、長年付合いのある「サンデー毎日」の編集長K氏と出版部員が同行した。

図書館その他で史料をあさり、夜は飲み屋の多い思案橋に行った。なじみの小料理屋に入り、バーにも寄って愉快な時をすごし、時計を見ると十一時近くになっていた。K氏と部員は初めて長崎に来た由で、二人で自由に長崎の夜を散策するのもよいと考え、私は別れを告げ、タクシー乗場に行って列に並んだ。

やがてタクシーに乗ってホテルにむかう途中、かれらが歩道を同じ方向にむかって歩いているのを眼にした。自由に散策を、と私に言われたものの、不案内の地であるのでホテルにもどるような感じであった。

ホテルについてロビーの前の椅子に坐っていると、K氏と部員が姿を現わした。K氏は、私がいることが意外だったらしく、

「どうして、ここに……」

と、言った。

意味をつかみかねた私に、K氏は笑いながら説明した。小料理屋とバーを飲み歩いた私は、他にボトルを置いてある店が二軒あると言ったが、ボトルとは関係のある女の隠語だと思って、かれらは気をきかしたのだという。

「子供もいたりしてさ」

K氏は、まだ疑わしそうな眼をして笑った。

私には、さらさらそんな気はなく、私のような野暮きわまりない男も、この世の中、かなりいることはまちがいない。

手は口ほどにものを言い？

敗戦と同時に、アメリカ占領軍の将兵が数多く東京にも入ってきた。それまで外国人を眼にしたことはあるものの、ごく稀で、それほど多くのアメリカ人を見たことはなかった。

驚いたことが、いくつもあった。アメリカ兵はカーキー色の軍用トラックを走らせていたが、白昼だというのに例外なくヘッドライトを放っていた。物資が豊富だということを誇示しているのだ、と言う人もいたが、なんとなくそんな気もした。

街を歩くアメリカ兵の臀部（でんぶ）も、私には奇異なものに見えた。ズボンがはち切れそうに肉づきがよく、歩くたびに右に左にプリッ、プリッと動く。当時、日本人は食料不足で瘦せていて、それだけにアメリカ兵の臀部が印象深かったのだ。

かれらが会話を交す時、さかんに手を使うのも不思議なものに思えた。

だれもかれもというわけではないのだが、前に突き出した手で拍子をとるように動かす。

大相撲の懸賞を受ける力士が手刀を切るように動かすこともあり、手をひろげたり閉じたりして千差万別である。

日本人は、人と対話する時、相手の眼を見つめ、手など動かすことはしない。眼は口ほどにものを言い、という言葉があるのは、これを言うのである。

現在、テレビで四、五人の男女が意見を交す番組を観ていると、いつの間にか日本人も手を使ってしゃべり、外国人よりも激しいようにすら思えることもある。

野球のグローブのように、太く短い指の掌を両方ひろげて自説を述べる人。その無骨な掌の動きに眼をうばわれて、しゃべる内容も耳に入らない。

面白いことに、そのように手をさかんに使ってしゃべる人が一人でもいると、手を使わない人まで手を動かしはじめる。他の出演者に感染し、手をひらひらと動かす。

さすがにアナウンサーには、そのような人はいない。かれらは、手から言葉が出るのではなく、口から発するものであるのを知っているのだ。

しかし、近頃、それも甚だあやしくなってきた。アナウンサー、特に女子に手を動かす人がいるようになった。

これが世の風潮というものなのだろう。私のように前時代的な者にとっては、手を動かして話す人の内容は聴く気になれず、眼をそむける。

上野と私

日暮里町で生れ育った私にとって、少年時代から上野の町は最も馴れ親しんだ盛り場だった。

小学生の頃、母に連れられて御徒町駅で降り、松坂屋百貨店へ行く。昭和の初期であった。

入口で母は百貨店備えつけの紅白の緒の草履にはきかえ、私は靴に薄茶色のカバーをつけて店内に入る。母がよくおもむいたのは呉服売場で、畳敷きの売場で和服を着た男の店員が応対してくれる。自分の着物以外に、連れて行った親戚の娘に似合う着物の反物を買ってやったりした。

父は綿糸紡績工場と製綿工場を兼営していたので、母は、夏をひかえて従業員たちの数だけの浴衣を買い求めてもいた。

帰途、母は広小路を上野駅まで歩く。酒悦で福神漬を買ったり、永藤パン店で玉子パンや甘食と称された菓子を買う。当時は、幼児や少年少女を死におとしめる疫痢をはじめとした伝染病が猛威をふるっていて、その恐れがない菓子を買うため必ず永藤に立寄ったのである。

中学校に入ると、三年生の頃からしばしば上野の町へ足をむけた。学校は日暮里の道灌山にあったので、谷中墓地をぬけ、上野駅に行く。携帯品一時預所で、制服、制帽、鞄をあずけ、寄席の鈴本に入る。当時は、中学生が寄席に入ることなど禁じられていたので、それらの物をあずけたのだ。

むろん昼席なので客は少なく、しかもほとんどすべてが老人だった。客席は畳敷きで、木製の枕が置かれ、寝そべっている者もいる。噺家が出てくると半身を起し、また横になったりする。その中で私は正坐して、噺を聴いていた。

ある時、母と市電に乗っていた時、広小路から乗ってきた和服姿の髭をはやした男がいた。かれは、私に眼をとめると近づいてきて、

「いつも御贔屓にあずかり、ありがとうございます」と、丁寧に頭をさげ、はなれていった。

母は呆気にとられ、

「どなた様？」

と、私の顔を見つめた。

その人は、鈴本で乃木希典大将のことを連続で語っていた講釈師で、「乃木シャンは……」などと言っていたから地方出身の人だったのだろう。老人の客たちの中で一人正坐している少年の私をおぼえていたのだ。

寄席通いを秘密にしていたのだが、嘘もつけず講釈師であることを母に告げた。怒られるかと思ったが、母は、

「立派な芸人さんだね」

と、言っただけであった。

小学生の頃から、上野の山は恰好な遊び場で、谷中墓地をぬけて寛永寺の境内をすぎ、上野の山に行く。むろん往復とも徒歩であったが、動物園近くの四つ角に京成電鉄の駅があり、そこから日暮里駅まで乗って帰ることもあった。

二十歳の夏、私は肺結核の末期患者として病臥していた。

唯一の楽しみはラジオを聴くことだったが、珍しい体験をした人の話を聴くという番組があった。その中の一つが、今でも鮮明に記憶に残っている。

その方は九十歳を越えた方で、幕末に日本橋の商店の小僧さんをしていて、ある日、番頭さんから上野に使いに出された。その日は、上野の戦いが起こった日であった。

「今、上野日活がありますでしょう。その場所に大きな天水桶がありましてね」

その場所まで行った時、上野の山から彰義隊員が、広小路の方から官軍がそれぞれ二

十名ほどやってきて、双方向き合い、抜刀した。

「斬り合いと言いましても、十間（十八メートル）ほどはなれて、互いにやあやあと掛け声をかけているだけでした」

ただただ恐ろしく、少年であった老人は天水桶のかげにうずくまって身をふるわせていた。

その時、近くに砲弾が落ち、それに驚いた双方が引きあげていったという。

このような体験談を聴いたこともあって、私は、上野の山と彰義隊の戦いがかたくむすびつくようになった。日暮里の町は、当時、官軍の総指揮にあたっていた大村益次郎の戦略で、彰義隊員の敗走路の一つにされ、それだけに残されたエピソードも多い。

そうしたことから、朝日新聞社より連載小説の依頼をうけた時、ためらうことなく彰義隊員の精神的支柱であった寛永寺山主輪王寺宮を主人公にした小説を書くことをきめ、筆をとった。むろん寛永寺にはしばしばうかがい、執事の浦井正明氏に寺所蔵の史料を閲覧させていただいたりした。

私は、現在、芸術院会員として上野の芸術院に二カ月に一回の割で出向く。近くの精養軒は、五十二年前、私と妻が結婚の挙式、披露宴をおこなった老舗（しにせ）の西洋料理店であった。

私と上野の縁は、今もってつづいている。

火熱と人間の智恵

東京の場合、終戦の前年の暮れから空襲は昼間にかぎられていたが、年が改まるともっぱら夜間空襲となった。私の家も四月中旬の夜に焼き払われたが、翌日の午後、家のあった場所に行った私は、なにもかも灰になっているのを知った。庭に庭師のつくった池があって、十尾ほどの真鯉が泳いでいたが、水がすっかり蒸発していてコンクリートの底に亀裂がおびただしく走っていた。鯉も消え、骨が残っているのではないかと思ったが、痕跡すら眼にできなかった。火熱がいかにすさまじいものかを知り、私はひび割れた庭石の上に坐って、茫然としていた。

焼跡で、奇妙なことをしている一人の男を見た。当時の電信柱は木製で、それらはすべて焼け、地表に焼け焦げた頭部がわずかにのぞいていた。男は、土中に埋れた電柱の下部を掘り起していたのである。

数時間後、そこを通ってみると、男は掘り上げた電柱の下部をかついで、立ち去るところであった。電柱がそれほど深く埋められていたことに驚いた。後にきいたところによると、男はそれを市中から消えた薪にして売っていたという。私は、男の生活力の逞しさに感嘆した。

戦時中は、生活必需品が欠乏し、それを平等に配るためあらゆる物を配給制にしていた。その裏で闇物資と言われた配給以外の物品が、文字通り闇の中を流通していた。その一つに葉煙草があった。栽培農家が官の眼をぬすんで横流しし、それがわが家にもどこかから入ってきて、それを兄たちが刻んだ。

問題は紙巻き煙草にする紙で、英語辞書のコンサイスの紙が最適であると言われ、これもだれが工夫したのか簡単な紙巻き器があって、紙の上に葉煙草を刻んだものをのせて巻く。それで紙巻き煙草が出来上ったが、辞書のこまかいローマ字が印刷された紙に巻かれた煙草は、なかなかハイカラなものに見えた。だれが英語の辞書に眼をつけたのか。戦時下の窮乏時代に、人間は思わぬ智恵を発揮していた。

ラジオの波の音

昭和十一年二月二十六日。私は小学校二年生、八歳であった。

その日のことは、今でも鮮明に記憶している。長火鉢の傍らに坐ってラジオから流れ出るアナウンサーの声をきいている父の顔は、今まで見たこともない険しい深刻な表情だった。突然蹶起(けっき)した陸軍部隊によって高橋是清大蔵大臣をはじめ要人がつぎつぎに殺害されたことが報じられ、父は、

「国の土台をゆるがせる大事件だ」

と、悲痛な声で繰返し、私は体をかたくして部屋の隅に坐り、父の顔に視線を走らせていた。

これは二・二六事件を報じるもので、その後、戒厳司令部から発せられた布告も記憶している。

「下士官兵ニ告グ、今カラデモ遅クナイカラ原隊ニ帰レ。オ前達ノ父母兄弟ハ国賊トナ

ルノデ皆泣イテオルゾ」

この文句は妙に生々しく、少年であった私たちにも理解でき、日常語にも使われるようになった。たとえば宿題を家に置き忘れてきた友達に、「今カラデモ遅クナイカラ」と、休憩時間に家に駈けもどって持ってこいとすすめる。また、試験の成績の悪い友達に、「父母兄弟ハ皆泣イテオルゾ」などとからかったりした。

そうした暗いニュースがあった年だが、その年の夏におこなわれたベルリンのオリンピック大会は、私の周囲を一気に明るいものにさせた。

大会前、日本の選手たちの記録は良く、オリンピックでの活躍が期待され、選手団が汽船で送り出される情景が報じられていた。

当時は、むろん現地からの中継はラジオだけで、日本放送協会のアナウンサーが競技の模様を放送する。いつもは午後九時頃には、就寝する定めになっていたが、母親が黙認したのか、零時頃まで兄たちの中にまじってベルリンからの実況放送に耳をかたむけていた。

アナウンサーの声は時折り低くなり、それと同時にザーザーという音がきこえてくる。

それが繰返され、兄たちは、

「これは波の音だ」

と、言った。

ベルリンは遠く、その地から日本までの間には果しなくひろがる海がある。兄の言葉に、波のうねる夜の海を思い描いた。

この雑音を波の音だと兄は言ったが、それは兄だけにかぎらず、一般の声でもあった。前畑秀子が二百メートル平泳ぎで、ドイツのゲネンゲルと接戦の末優勝した時も、私はラジオで聴いた。幸いその時は波の音がせず、「前畑、頑張れ、頑張れ」というアナウンサーの声につづいて、「勝った、勝った前畑」という絶叫に似た声に、兄にしがみつき涙を流した。

その後、オリンピックの競技を撮影した「民族の祭典」「美の祭典」というドイツ映画が輸入された。

ふだんは映画館に入ることをかたく禁じていた小学校の教師が、それを上映する町の映画館にクラス全員を連れて行ってくれた。

まず感じたのは、どこの国の競技者も気品があって美しい顔をしていることであった。日本の選手も同様で、日本人として最高の容貌をしている人たちばかりで、表情も素晴しかった。

ラジオでアメリカのオーエンスが、百メートル競走と走り幅跳びで優勝した黒人であることは知っていたが、画面に映し出されるかれの顔は、予想とは異なった明るい眼をした好青年だった。上体を立てて走る姿が、魅力的であった。

日本人選手が好記録を出したことはラジオで知っていたが、スクリーンに映し出されるのを見てあらためて感動した。跳躍がことのほか秀れていて、三段跳びでは田島直人が十六メートルの世界新記録で優勝し、原田正夫がそれについで二位であった。走り幅跳び、高跳びも上位入賞し、日本人選手はいずれも清潔感のある美男子ぞろいで、「朝隈、ヤパン」という紹介の声が、今でも耳に残っている。

圧巻は棒高跳びであった。長い接戦で日没を迎え、アメリカのメドース、日本の西田、大江の三選手が最後まで残り、薄暗い中から長い棒をかまえた選手が走ってくる。優勝はメドースだったが、勝敗を抜きにした美しい戦いだった。

日本選手が跳躍に強いのは、用を足す時にしゃがむので足腰が強靱になっているからだ、と言われていたが、それに異議をとなえる者はいなかった。

陸上では、長距離で村社講平選手が出場し、終始先頭を走っていたが、最後はフィンランドの三選手のラストスパートについてゆけず、四位に終った。長身の外国選手の中で力強く走る小柄な村社選手の姿が、いかにも古武士のようにみえた。

水泳は、水泳日本と言われていた通り、日本選手はこぞって好成績だった。二百メートル平泳ぎで優勝した葉室鉄夫のゴール直後の美しい笑顔が、今でも眼の前にうかぶ。

その後、「民族の祭典」を何度観たことか。戦後も上映され、飽きることはなかった。

暗い時代であったからこそ、ベルリンオリンピックは、私に光彩にみちたものに感じられたのだろうか。映像に映る競技の場面場面が、胸に焼きついている。

丹羽文雄氏を悼む

丹羽文雄先生のお孫さんから、夜、先生が危篤におちいったという電話につづいて、早朝にその死がつたえられた。百歳という高齢で、しかもかなり衰弱しておられることをきいていたので、遂に……という思いであった。

先生は、小説を書く私にとって、忘れ得ぬ恩師であるが、あらためて考えてみると、先生との間には一定の爽（さわ）やかな壁があったように思う。

二十四歳から同人誌に小説を書きはじめた私は、昭和三十年、二十七歳の春に、先生が主宰しておられた同人誌「文学者」に入会した。当時、月給一万五千円の勤め人であった私は、毎月千五百円の同人費を払うのに苦労していたが、「文学者」の会費は三百円で、救われた思いであった。

その頃、「文学者」の発行費は、先生がかなりの部分を負担しておられたが、後にその全額を支払って下さるようになった。文学志望者のために、という後輩を思う気持ちからであった。

最初に先生のお姿を眼にしたのは、「文学者」に入会した日の夜であった。「文学者」の合評会が、つつましいレストランでおこなわれ、メインテーブルの中央に先生が坐っておられた。最も入口に近い末席に坐っていた私には、井伏鱒二、石川達三氏らと並んで坐っている先生が、華やかな光につつまれているように見えた。

私と先生との間にはかなりの空間があったが、以後もへだたった距離がちぢまることはなかった。「文学者」に発表してもらった二作品をふくめた四作品が芥川賞候補に推され、いずれも受賞とは縁がなかった。先生は、芥川賞の選考委員をなさっていたが、私は意識して選考日が近づくと先生宅に近づかぬように心がけ、先生も作品に対する感想を私に告げることは全くなかった。

「透明標本」という作品が候補作にえらばれて選が終わって一カ月ほどした頃、先生の家におかれた「文学者」の編集部におもむいた。

玄関に入ると、ゴルフに行かれる先生と会った。先生は、

「吉井君。『透明人間』を、佐藤さんがとてもほめていたよ」

と、私に言い、玄関の外に出ていった。白い大きなゴルフシューズをはいていたことを記憶している。

先生は、「文学者」の編集委員をしていた吉井徹郎と私の名を混同していて、私を

と答えるのを常としていた。

「吉井君」と言う。吉村ですと何度か訂正したものの、どうでもよいことなので、はい

「透明人間」も「透明標本」のことで、このような誤りは多く、俗事にこだわることのない鷹揚なお人柄の故であった。

先生が口にした佐藤さんとは、選考委員であった佐藤春夫氏のことで、作家の古山高麗雄氏にも同様のことを言われ、招かれて佐藤氏の御自宅におもむいたりした。

私が三十九歳の夏、『星への旅』という作品で太宰治賞受賞の報せを受けた翌朝、私は先生宅へうかがった。「文学者」に作品を発表して下さっていた先生の恩に報いるためであった。

先生は食事中であったらしく、早朝の訪問で気分を少し害されていたようだったが、私の報告をきくと、

「そうか、よかったな。津村君も喜んでいるだろう」

と、大きな声で言った。

津村君とは私の妻で、前年に芥川賞を受賞し、賞を逸しつづけてきた私を先生が案じておられたことを、その言葉で知った。

私が、先生と個人的に言葉を交わしたのは、この二回きりである。先生と私との間に爽やかな壁が立ちはだかっていたというのは、このようなことをさしているのである。

先生は、なにか途方もなく大きい温かみのある存在で、今、私の眼の前から遠く消えようとしている。

荒野を吹きすさぶ風の音

城山三郎氏と私は、共に昭和二年生れである。

文学の世界に身を置く者としては当然、同年齢である小説家を意識する。北杜夫氏は偶然にも同年同月同日生れで、氏の姿を見ると照れ臭く、氏も同じ思いなのだろう。他に同年生れの小説家には、結城昌治氏、藤沢周平氏がいるが、両氏ともすでに亡い。

意識はしながらも、文壇人との付き合いには臆（おく）しがちな性癖で、それらの各氏と文壇のパーティーで姿を見かけても、目礼はするものの、言葉を交したことはない。会って話をしたかったと思わぬでもないが、それはそれでいいという気持もある。

そうした同年齢の小説家の中で、城山氏のみは例外である。氏は、文壇付き合いの少い方ではあるが、ゴルフという趣味を持っていることから、それを通じた交流があり、私よりはるかに付き合いの範囲は広いのだろう。それでも、親しく話をする知人は少いらしく、そんな氏が、土の中にこもったような私と話し合う機会をつくってくれたのだ。

とは言っても、氏からの誘いではなく、雑誌の編集者の仲介によるもので、雑誌で対談をした。予想はしていたが、氏が関心をいだいていた先輩作家の作品も共通していて、気心の通じ合う楽しい対談だった。

氏も私と同じ思いであったらしく、その後、氏から「一杯やりませんか」という電話がかかり、待ち望んでいただけに私も即座に応じた。なぜこんな店を知っているのか不思議な、下町の小料理屋のカウンターで酒を飲みながら、快い会話を交した。

氏は、少年期に学業半ばで軍隊組織に入り、戦争を身近かなものとして見つめていた。私は、二度にわたる肺結核の発症でそのようなこともできなかったが、東京で空襲を経験し、私なりの戦争を見た。

必然的に、氏は戦争についての作品を数多く書き、私も突き動かされるように、戦争はなんであったかを問う思いから、次から次に作品を書きつづけた。

しかし、小料理屋で酒を酌み合いながら、戦争について、またそれぞれの作品について語り合うことは全くなかった。

私は氏のきびしい風貌に、戦争の濃厚な匂いを感じていた。あの戦時という奇妙な一時期が氏の顔に貼りついており、私の顔も同じであるのだろう。戦争について、あらためて話し合わなくても、互いによくわかっているのだ。

氏は夫人を失い、荒れた原野にただ一人立っている。今、ここに戦争文学全集を刊行されるのは、遠い日の、しかも現在の氏をとらえてはなさない荒野を吹きすさぶ風の音をきこうとしているのだろう。

その姿に、私は粛然(しゅくぜん)とした思いである。

〔対談　小沢昭一・吉村昭〕

なつかしの名人上手たち

講釈師が最敬礼した中学生

吉村　小沢さんはお幾つでしたか。

小沢　吉村さんよりちょいと後輩です（笑）。（吉村氏は昭和二年、小沢氏は昭和四年の生まれ）

吉村　中学は麻布ですね。

小沢　はい。

吉村　ぼくは開成なんです。

小沢　じゃ、仇同士で（笑）。

吉村　あの頃は「山の手の麻布、下町の開成」と言われましたね。

小沢　ええ。でも吉村さんのように開成をお出になって、そう言っちゃ失礼ですが、われわれと同じ自由業――もっと言えばヤクザな商売をやられてる方は珍しいんじゃございません？　麻布のほうはヤクザな稼業についたのが一杯いるんですけれど。

吉村　でも、沢田正二郎が開成なんです。新劇だと、滝沢修。中村伸郎もそうです。

小沢　ああ、それはいい顔ぶれですね。

吉村　中村伸郎って、うまいですよね。最近だと蜷川幸雄さんとか、そういう舞台関係の人は出ているんですが、麻布に較べると小説家が少ないんです。あたしより年長の小説家は中村真一郎さん、福永武彦さんぐらい。

小沢　開成は西日暮里ですから、学校帰りに上野、浅草辺りへ、こう……(笑)。

吉村　そうです、そうです。ぼくは中学三年の頃から、つまり昭和十七年かな、寄席通いを始めるんですよ。広小路の鈴本演芸場に行くようになったんです。家は日暮里でしたが、学校が終わると家には帰らずに上野駅の一時預かり所に制服と制帽、鞄を預けて。

小沢　いまどきの女子高生が学校出て、遊びに行く前に駅のトイレかなんかで着替えるのと同じですね(笑)。

吉村　あの頃は、学生が寄席に出入りしてはいけない、となってましたからね。

小沢　寄席に限らず、映画でも何でもそうでした。補導協会というのが目を光らせてまして、学生と見るや、パクるということをやっておりました。何も補導云々だけでなく、寄席なんぞに入る学生は、世間的にも白い目で見られるという時代でしたね。

吉村　色っぽい噺も多かったですしね。ぼくが通っていたのは昼席なんです。お客が少なくて、いつも十人ばかりしか入っていない。大体がおじいさんばかりで、備えつけの木の枕があって、横になっている。それで誰かが高座に上がると、蛇が鎌首を持ち上げるみたいに首をにゅーっと上げては、また横になる。

小沢　そうでしたね。出てきた芸人をチラッと見て、(ああ、あいつか) てな顔してまた横になるんです。

吉村　ぼくは、うちが商家なものですから、中学を出るまで胡座(あぐら)というものをかいたことがなかったんですよ。ごろごろ寝転んでいるおじいさんたちの真ん中で正座していたぼくは、目立ったんでしょうねえ。母親と一緒に市電に乗っていたら、広小路で髭をはやした講釈師が乗ってきたんです。

小沢　誰でしょうなあ。

吉村　名前は忘れたけど、乃木さんの講釈をやっていて、「乃木しゃん (さん)、乃木しゃん」と言っていたから、地方の人なんでしょうね。彼が昼席で連続で乃木大将ものをやって、ぼくも連続で鈴本に通っていた (笑)。その髭の講釈師がぼくと母親の席までわざわざやってきましてね、ぼくに最敬礼して言うんです、「毎度ご贔屓にあずかりまして」って。母親は吃驚(びっくり)して、講釈師が向こうに行ってから、「あの方はどなたなんだい?」(笑)。

小沢　親には寄席の芸人さんを知っているとは言えないでしょう?

吉村　寄席に行ってるなんて言ってませんからね。でもしょうがないから正直に言うと、「そう、立派な芸人さんね」って、怒られませんでしたけどね。

小沢　いいお母様ですねえ。

吉村　あの頃、小沢さんはもう寄席に通われてましたか？

小沢　これは必要に迫られまして、寄席にはしょっちゅう通っておりました。勤労動員で、大井町の三菱の工場で戦車を作っていたんです。作っていたというと偉そうですけれども、戦車の一番前の鉄板を叩いておりました。板金ですね。うすーい板一枚で、こんなんで大丈夫だろうかと思った記憶があります。で、夕方になると残業になりまして、おむすび一個出る。それを食べて、残業の作業が始まるまでの休憩時間は演芸会になるんです。

吉村　演芸会、必ずやりましたね。あれはどうしてですかね。ぼくは声色。

小沢　いまから考えますと、野菜でも何でも家庭菜園とか自給自足していた時代ですから、娯楽も自給自足しなきゃいけなかったんじゃないかなと思います（笑）。それでオッチョコチョイが次から次へと即席の舞台に出て行ったわけですが、そのオッチョコチョイのなれの果てがわたくしであり、フランキー堺であり、加藤武でありということになります。で、演芸会は毎日ですから、残業が終わるとネタを仕入れに寄席に駆け込むんですが、空襲警報の鳴っている最中ですから、お客がほとんどいない。銀座の金春って寄席で、一対一という時がありました。

吉村　金春、ぼくも行ったことがありますが、噺家と一対一ということですか？

小沢　そうです。お客はわたくしだけでして、これは真剣勝負みたいになりますね。

しかも向こうは入れ替わり立ち替わり出てくる（笑）。多勢に無勢ですけれど、そのうちに後ろでフフフと笑い声がしたんで、ああ、やっと他にもお客が来たと思って振り返るとフランキー堺で（笑）。やはりネタを仕入れにやってきたんですね。

芸人たちのラスト・シーン

吉村　先代の小さん、この間亡くなった小さんの師匠にあたる人。ぼくの長兄が浦安で木造船工場をやっていて、従業員慰安で都家かつ江さんとこの小さんさんを呼びましてね。ぼくは働いていて聴いたんですが、高座から下りてきて、素で喋る日常会話が面白くて、面白くて。あの人はしゃれた人でしょう？

小沢　そうですね。ぼそぼそ喋るのが何とも面白くて、いい感じなんですね。わたくしも中学時代から寄席に入り浸ってましたが、さきほど仰ったように胸を張って寄席に行くという時代ではありませんでした。そんな時に正岡容という作家の寄席を謳い上げた本と出会って、わたくしのバイブルになるんです。後には正岡容に近づいて、弟子ということになりました。その正岡先生が新宿末広亭や鈴本で月の終わりの一日だけ落語会をプロデュースしていたんです。わたくしはいつもお手伝いしていまして、さっき仰った先代小さんさんが鈴本の楽屋で亡くなられた時も、その現場に居合わせたんです。

吉村　鈴本で亡くなったんですか。

小沢　はい、戦後の話ですけれども。しかし、小さんさんに限らず、何もしなくて面白い、ぶつぶつ言うだけでおかしい、という人が昔は結構いましたですね。わたくしの大好きな扇遊という尺八を吹く芸人さんがいましてね。大阪の吉本で「尺八の扇遊」で売った人です。でも、嘘か本当か知りませんが、肺を痛めて肺活量が落ちて、自分で納得できる音が出なくなったというので、尺八を絶ったという尺八芸人なんです。では何をするか。

吉村　知らないなあ。ぼくは見たことありません。

小沢　尺八を持って出てきて、吹かずに磨くだけなんです（笑）。それが面白いんですよ。錦の袈裟(けさ)みたいな生地の中から尺八を取り出して、ひたすら磨く。一本磨くと、もう一本出してきて磨く。中も布を通したりして入念に磨いて、それだけという（笑）。

吉村　それを見て、お客は喜ぶんですね。

小沢　大喜びなんですが、爆笑を誘うというウケ方ではないんです。大阪の人は、「尺八の扇遊がなんで吹かないんや」というのでご不満だったそうです。それを黒門町の文楽さんが大阪で見て、「あれは結構な芸でございます」というので東京へ呼んだ。わたくしはとっても好きな芸人さんでしたけど、先ほど申し上げた金春で、彼とも一対一になりましたが、やはり尺八は吹かない。ところが、空襲警報の最中のある晩、その扇遊さんがどういうわけか珍しく尺八を吹いた。♪ここはお国を何百里……というのを静かに吹いたのには感動しまして、いまだに忘れられません。間もなく三月十日の東京大空襲で扇遊さんは焼け死ぬんです。山と積まれた焼死体の一番下から、奥さんと手を握ったまんま出てきた、なんて話を伺ったことがありますけどね。

吉村　ぼくは大空襲の何日か後、中学校の制服を着て、自転車で浅草六区を見に行きました。人が一人もいない、シーンとした六区というのは実に不思議な光景でした。全部焼けていましたが、建物の外壁は真っ黒にならなくて、素焼きの陶器みたいに白くなるんですね。白くなった映画館の中を覗(のぞ)くと、客席は焼け焦げて黒くなり、静まり返っていました。小沢さんは焼ける前の浅草にもよく行かれたのですか？

小沢　わたくしは、戦前はとても浅草まで行く余裕がなくて、近いところで寄席通いをしておりました。戦前も行きましたが、浅草に通いつめるのは戦後ですね。

吉村　ぼくが熱心に通ったのは戦前の浅草なんです。昭和十七、八年頃かなあ、シミキン（清水金一）だとか森川信だとか、柳家三亀松、あきれたぼういずとかね。シミキンが大勝館でやった「源氏物語」を覚えています。

小沢　するとシミキンの源氏の君ですか。

吉村　そうです。幕が開いても、大道具がまだ作っている最中で、後ろで叩いている金槌(かなづち)の音が聞こえるんです。トントン、トントン、客席まで聞こえてくる。そこでシミキンがじろっと見て「この家は普請中かな」というと、ピタッと音がやむ（笑）。しばらくたつと、またトン、トンなんて遠慮しいしいやってる音が始まる。またシミキンが睨むと止まる。これがウケちゃってね。きっと計算しているんでしょうけど。それから座員が少ないから、前の幕では善玉役だった役者が、幕が変わると今度は悪者として出てくる。当然観客も承知で見ているのですが、シミキンが「お前はちょっと前まで実に立派ないいやつだったのに、いまはどうしてそんなに悪くなったんだ？」などとアドリブをやる（笑）。そんなのが楽しかったですね。

小沢 そういうのが浅草の軽演劇の醍醐味でございましたね。

吉村 戦後になって、新宿に松竹座というのがあって、そこでシミキンが出るというので見に行ったんですよ。一時どこにも出ていませんでしたから、急にまた現れたという感じでした。でも、松竹座ではもう昔日の面影がなかったですね。ちょっと哀れだった。

小沢 ええ、戦後ガタッと力がなくなったという感じがありましたですね。

吉村 そしたら、その直後でしたが、友達とあるバーに行きましたら、そこのマダムが朝霧鏡子。

小沢 シミキンの奥さん。

吉村 そうなんです。おやおやと思って、「ぼくはシミキンが大好きで」なんて言ってたら、「実はここに来てます。カウンターの一番向こうに座っております」と。あの人は小沢さんと同じで酒を呑まないんですよ。「そばへ行ってやってくれませんか」と言われたので、彼の横へ座ったんです。そしたら見た目が若々しい人でね、「若いですね」「いやいや、とんでもない。でも、髪の毛は私の自毛なんです」と、引っ張ってみせるんですよ。「あなたも引っ張ってみて下さい」とぼくの手を摑むんだ（笑）。

小沢　困りますな（笑）。どうしました？

吉村　引っ張りましたよ。本当に自分の毛だった。黒々としててね。

小沢　髪の毛が長い人でしたね。舞台でも、髪をこう、シャッと払うのが得意で。

吉村　そうそう。それからしばらくして、自殺未遂をしたと新聞に出ていました。

小沢　朝霧鏡子という人はかわいかったですね。松竹のスターで。

吉村　小柄な女性で。

小沢　若い頃、シミキン、ちくしょう、あんなかわいいのを貰いやがって、なんて思ったくらいです。

吉村　森川信も水戸光子と結婚したんですよねえ。

小沢　あれは別れたんでしたっけ？

吉村　別れたでしょう（二年で離婚）。シミキンは雑だったけれど、森川信はすごい名優でしたね。出てくるだけで、体がぞくぞくするくらい。でも、有楽町の劇場に出るようになると駄目なんだ。取り澄ましてね、面白くない。あんなに変わるのかなと思いましたね。

小沢 いわゆる実力派という俳優さんでした。映画でご一緒したこともございます。

吉村 うまい人ですか？

小沢 「脇を固める」という言葉がありますけれど、本当に固めるというか、森川さんがいると安心していられるという、しっかりした俳優さんでしたね。

吉村 浅草で見た、なんとも言えない喜劇役者が、「寅さん」に出ている（おいちゃん役）のを見ると、こんな役者じゃない、という気がしたんです。もっと面白い人だ、と。

小沢 なるほど。

エノケン、ロッパの共演者

吉村 それからエノケン（榎本健一）、古川緑波という方がおられましたね。

小沢 好き嫌いで言うと、緑波さんのほうが好きでしたね。

吉村 ぼくもそう。エノケンというのは少々泥臭いから、東京人には向かないんじゃないですか。

小沢　はい。エノケンさん、大衆的と言えば大衆的なんですけどね。緑波さんのほうが知的な、都会的な感じもあって。

吉村　声色がうまいしね。

小沢　声色は結構でした。だからタモリさんの芸のはしりが緑波さんですね。もっとも、緑波さんを好きになったのは、緑波さんが有楽座でやる芝居には必ず藤山一郎が出ていたんです。藤山一郎の歌謡ショーに惹かれて通ううちに、緑波さんも好きになったんですね。「ロッパ日記」を読むと、二人は喧嘩ばかりしていたみたいですけれども（笑）。

吉村　一方のエノケンのほうには二村定一（ふたむら）がいましたね。ぼくは浅草の松竹座でエノケンと二村定一が一緒に出ているのを観たことがあるんです。白粉（おしろい）を塗っているんですかね、二村定一は真っ白い顔をしていました。

小沢　わたくし、自分の葬式には二村定一の「私の青空」、マイ・ブルー・ヘブンを流してくれ、と何かに書いたこともございます。あの歌が大好きで。

吉村　二村定一の歌で、ですか？

小沢　そう、エノケンさんのではなくてですね。ちょっと二村さんはかわいそうで、業績をみんなエノケンに取られてる面がございましょう？

吉村　そうですねえ。

ます。

小沢　そんなこともあって、少し二村さんをテコ入れしようなんて思ったりもしてい

吉村　十年ほど前に講演のために下関へ行きまして、何気なく歩いていましたら、大きな乾物屋があって、店先に「二村定一顕彰会」って書いてあるんです。

小沢　ほう、下関ですか？

吉村　中に入ってそこの主人に訊くと、「この近くで生まれたんですよ。いまは埋もれてしまってるから、私たちだけで、顕彰会をやってるんです」というんですね。

小沢　藤原義江さんの記念館も下関じゃございませんかね。

吉村　あ、そう言ってました。「藤原義江と二村定一がわが町の……」って。でも、その時、東京から同行した人間の誰一人として二村定一のことを知りませんでしたね。古老になった気がした（笑）。二村さんはゲイですか？

小沢　そのケがあるんでしょうね。だいたい芸能人は、そのケが大なり小なりある人が多うございますね。

吉村　小沢さんを除いて。

小沢　そのケのある人はどこか、やっぱり魅力があるんですね。わたくしはそれがないもんで、ずいぶん苦労して頑張ってまいりました。

吉村　ふふふ。

小沢　二村さんとか、杉狂児さんとか、当時あれだけ活躍されたのにもかかわらず、その後どうも忘れられてしまいましたね。

吉村　「暢気眼鏡」の杉狂児なんて、いま知ってる人はいないでしょうねえ。

小沢　不思議なもので、いくら業績を残していても、何かの具合で名前が残る人と、まるっきり消えてしまう人とがいるんですねえ。

正蔵に泣いた夜

吉村　まだ落語家のほうが、名前が残りやすいかもしれませんね。寄席の話に戻りますが、戦争中の寄席に、本当にうまい人はあまりいなかったんじゃありませんか？

小沢　志ん生も円生も、戦後満州から帰ってくるまでは、どうってことはない噺家の一人、という感じでしたよ。満州から帰ってきたら人が変わったみたいに深みが出てきた、というのも不思議なのですが。

吉村　ぼくは二人とも戦後しか聞いていないんです。

小沢　円生さんなんか、戦前の若い頃は二枚目ですから、ただ気取っているだけで、そこいらにいる芸人の一人だったのが、戦後は名人道まっしぐらという感じでしたものね。

吉村　蝶花楼馬楽なんて人もただ座っているだけ、に見えたな。

小沢　晩年、彦六になった、のちの林家正蔵ですね。

吉村　そうです。戦後、正蔵になってから変な魅力が出てきて面白くなったけど。

小沢　「とんがり」というあだ名でしたね。怒ってばっかりいる、とんがってばかりいるというので。

吉村　その「とんがり」の正蔵の前の林家正蔵が、今度襲名した人のお祖父さんですよね。終戦直前なんですが、牛込神楽坂に神楽坂演舞場というのがあったんです。

小沢　坂を上がって左側です。

吉村　よく御存知ですねえ（笑）。

小沢　あそこにも通いました。

吉村　ぼくは一度しか行かなかったんですが、その時たまたま正蔵さんが出たんです。ちょっと派手な着物を着てね。横顔やなんかが、今度襲名する人に似ているんで、そのことをエッセイに書いたら、今度の人のお母さんから電話がかかってきて、「先々代を知っている人がいないんで、口上書を書いて頂けませんか」って。あすこの家は根岸で、こっちは日暮里で隣町だから、じゃあと書いたんですけどね。

小沢　先々代は、つまり三平さんのお父さんですが、派手な芸でしたな。

吉村　あれも一種、家の伝統芸だなあ。でも、ああいう芸人もいなけりゃ、しょうがないですよね。落語というのは、面白くなくちゃねえ。

小沢　そうですね。「どうもすいません」っていうので三平さんが売り出したんですが、あれは三平さんのお父さん、今度の正蔵さんのお祖父さんもやっていたんです。「今日は月曜日で、明日は火曜日です。どうもすいません」って（笑）。あれは代々受け継いだギャグなんですね。わたくしが忘れがたいのは、その先々代の正蔵さんを神楽坂演舞場で見たのが、軍隊の学校に行く前の晩のことで……。

吉村　軍隊の学校って、どこです？

小沢　海軍兵学校です。最後の入学生でして、六カ月で終戦になりますがね。それで、明日は西へ旅立つという日、どうしても落語を聴きたくなりまして神楽坂に行くと、正蔵さんが出てたんです。これで娑婆（しゃば）ともお別れかなと、ちょっとセンチメンタルになってたんでしょうなあ、あの爆笑派の正蔵さんの噺にも涙がぽろぽろ出てきたのを憶えています。あの頃、浪花節の物真似で浮世亭雲心坊という人がいたのをご記憶ございませんか？　目がご不自由で、黒いメガネをかけてやってらしたんですが。

吉村　いや、ぼくは知らないなあ。

小沢　正岡容の影響で浪花節も好きだったものですから、雲心坊さんが、わたくしの好きな浪花節の外題（げだい）づけを次から次へとやってくれて、普段だったら嬉しいというだけですが、その晩はもう泣けて泣けて。戦後、「小川宏ショー」でしたかな、〈この人に会いたい〉といったコーナーで雲心坊さんを捜してもらって、ご対面したことがありました。

吉村　それはいいことをしましたね。

戦後はストリップと共に

小沢　終戦で東京に戻って参りまして、浅草に通うようになりました。戦後の浅草は、大震災のあと賑わったのと同じように、非常に元気がありましたね。ストリップが中心です。大阪から朝日市郎一座というのが浅草に乗り込んできまして、これは日舞ショーなんですね。最後は元禄花見踊りみたいな総踊りになるんですが、なかなか腕のある連中がきちんと踊りながら、腰巻をうまいことあしらって、チラリズムをやるわけです。そこで一番人気があったのは清水田鶴子というストリップ嬢で、これにわたくしは入れあげた——というには当時学生ですからおカネもないんですが、思いきって辞書を売りまして（笑）、お菓子を買って楽屋に持っていきました。そうしましたら、舞台と感じが違うんですね。舞台では満面笑みを湛（たた）えてサービスするんですが、楽屋ではシーンとして、冷えている感じで。挙句の果てに、「学生さん、しっかり勉強してや」（笑）と言われて、不思議な気持ちになって帰った、ということもありました。

吉村　ぼくは戦後は結核をやっちゃったから、小沢さんみたいに、いいストリップには当たってないんですよ。

小沢　吉村さんの分までわたくしが通い詰めました（笑）。あの頃、「内外タイムス」という新聞がストリップに力を入れておりまして、読者投票でストリッパー・ベストテンをやるというので、わたくしも投票したんです。浅草座という三人の生バンド――情けない音のトランペットと三人のバンドですが――が入っていた小屋のスターにムーン冴子というのがおりまして、日本ストリップ史にはあまり名前が出てこないのですけれど、実にいとけない感じのいいコでして、私は彼女に投票しましたが、残念ながらベストテンには漏れて次点の十一位でした。そうしたら、一位のハニー・ロイから吾妻京子、伊吹まり、奈良あけみ、次点の彼女まで、よみうりホールでショーをやるというので、なんと朝八時開演というのに駆けつけましたら、もう長蛇の列ができていて何とか入れた。ムーン冴子は、「花嫁人形」の童謡の曲に合わせ、花嫁衣裳をぬがずに踊って、最後にパッとまくって、白いお尻だけ見せるという趣向でした。

吉村　ぼくは、女房と嫂（あによめ）にストリップを見せておこうと思って、連れて行ったんですよ。そしたら嫂が「まあ、恥ずかしい！」とか言って大きな声で笑うし、こっちが恥ずかしくて顔を赤くしましたけどね。

小沢　わたくしもおふくろを浅草に連れて行きまして、ロック座の清水田鶴子がのけぞっている激しい絵看板を見せて、ちょっと脅かし気味でもあるんですが、「おふくろ、この人をお嫁さんにしたいんだけど」と言ったんです。そしたら、おふくろはしばらく黙っていましたが、「おまえ、アルバイトしすぎで少し疲れてるね」(笑)。

吉村　いいセリフだ(笑)。

小沢　まあ、こっちは若かったし、体中から精気が湧き出ずるという状態でしたから、そういう色気みたいなものばっかり漁って見ておりました。女剣劇も、大江美智子、浅香光代、不二洋子、小松龍子といましたが、わたくしは筑波澄子というのが好きでした。きれいで、股をよく広げて。はしごの上でパーッと足を上げたり。それからストリップの合間にコントみたいなのをやるようになって、渥美清さん、佐山俊二さんからビートたけしさんに至るまでコメディアンを輩出していくんですが、当時の渥美さんは胸を患っていた頃で、ふてくされたような芝居でしたけれど、寅さんとは全然違う凄みがあって、光っておりました。

吉村　小沢さんは、渥美さんとはもう接触されていたのですか？

小沢　いや、こっちは客席にいただけです。その頃から凄い人だなと思って見ておりました。船越英二さんのお兄さんで三島謙という人がいて、浅草座のただ一人だけのコメディアンだったんです。ストリッパー相手に寸劇……というほどのものじゃないですが、コンロを出してきて、何とかかんとか言いながら女の子にコンロの上をまたがして、三島さんがコンロを扇ぎながら、ぼそりと一言、「焼きハマグリ」——というだけで終わるという(笑)、くだらないといえばくだらない、そういうくだらなさをとても愛しておりました。

乃木大将の金屏風

吉村　ぼくは学習院の高等科の時に胸をやられて休学したものですから、大学に入学したのは二十三歳の春でした。同人雑誌の費用を捻出しなくちゃならないというので、文芸部の委員長になっていたぼくが古典落語鑑賞会を作ったんです。道灌山に耳鼻咽喉科のお医者さんがいて、娘さんが学習院に来てたんですが、その医院に志ん生さんたち噺家が喉を診てもらいに通っていた。その伝手を頼って、志ん生さんや小文治さんと契約したんです。

小沢　その先生の口利きで。

吉村　ええ。一人二千円という安いギャラで引き受けてくれました。ところが、学校の講堂を借りようとしたら、事務局が「学習院は芸人を入れたことがないから駄目だ」というんです。

小沢　あの時代ですからなあ。

吉村　それで院長先生の安倍能成先生のところにお願いに行くと、「誰が出るんだ?」「志ん生さんと柳好さん。その次は小文治さんと柳橋さん。それに文楽さんと……」と言いかけるや、「そんな人たちが本当に出てくれるのか?」「はい」「じゃ、乃木大将が院長をやっていた時に作った金屏風も貸してやる」(笑)。

小沢　おう、さすが安倍先生ですな。

吉村　それですぐOKになりまして、一枚五十円でチケットを売りました。一回に五千円の利益が出て、同人雑誌も出せました。で、当日、志ん生さんを目白の駅まで女子学生に迎えに行かせたんです。そしたら師匠を控え室に入れた彼女がやって来て、「志ん生さんが酔っ払って大変だ。椅子に座ってるけど振り子みたいにふらふらしてるんです」。

小沢　いつものことですけど、初めての人は吃驚しますね。

吉村　だけど、この時の四十五分くらいかけた「宿屋の富」は素晴らしかったですよ。その女子学生が、ぼくともう五十年くらい一緒にいるわけです(笑)。

小沢　アラッ!　そういうご縁ですか。

吉村　柳好さんも面白くてね。

小沢　春風亭柳好、わたくしも大好きでした。「野ざらし」。

吉村　歌舞伎座で解説をやっている小山観翁、彼とぼくはクラスメイトなんです。彼が柳好さんに「五人廻し」をリクエストしたんです。「学校で教えませんから」なんて言って。それでぼくが講堂の後ろから見ていたら、花魁（おいらん）がお客の布団に入るところでやめちゃって、控え室に引っ込んじゃった。行ってみると、真っ青な顔をして冷汗を流しているんです。「花魁が布団に入るところでふと見たら、客席に皇族の方がおられました。私は不敬罪になります」(笑)。民主化が進んだ戦後なんですがねえ。

小沢　昔の人ですから(笑)。

吉村　あれはおかしかったな。小文治さんについてきた弟子の小金治さんもよく憶えています。小文治さん、踊りがうまかったですね。袴姿で「白鳥の湖」なんか踊ってね、うまいのなんのって大爆笑で、大ウケ。最近空港で小金治さんをお見かけしたので、昔そういう落語会にお呼びしたことなんかをエッセイに書いたら、手紙とテープを送ってくれましてね。聴きましたが、うまいですねえ。

小沢　小金治さん、うまいんですよ。ああ、これが俺たちが聴いた落語だという感じがするんです。魚屋さんの倅（せがれ）ですから、「芝浜」なんていいですよ。

吉村　「泣きの小金治」なんてテレビのほうに行っちゃったから、寄席へはもう出られないんですか？

小沢　この歳になってから、ホールなんかでたまァに落語をやるようになったみたいです。お聞きになったらよろしいですよ。

吉村　実は、ぼくには悪い癖がありましてね。大好きだった志ん生さんや可楽さんたちが死ぬと、落語に対する興味がスーッと冷えちゃったんですよ。歌舞伎も六代目（菊五郎）とか羽左衛門とか、見てきたいい役者が死ぬと興味がなくなった。相撲もまったく見なくなりました。ボクシングもそう。いま残っている趣味はマラソンを見ることだけなんだけど、女の解説者が「何々ちゃんのお守りは云々」なんて言うのが嫌で、これも存続の危機なんです。だから、落語でも、いまの若い人でうまい、いい噺家はいるんでしょうが、全然聴いていません。どうです、いい人はいるんですか？

小沢　どうでしょうかな。自分よりも年上の噺家でないと納得できないという面はございませんか。

吉村　ああ、そういうことはあるかもしれませんね。

小沢　どうも自分より年下だとね、なんだ、こいつ、世の中わかってんのか、という気がするんでございますがね。いま若手でもうまい人はいっぱいいます。一般的に昔より腕は上かもしれないんですが、落語というのは年寄りから噺を聞くというのが醍醐味ではなかろうか、と思うんです。

吉村　ぼくはそれなのかなあ。「花魁というものは……」なんて言われても、何言ってやがんだって思ってね。

小沢　俺のほうが知ってらい、という感じはしますよね（笑）。

初出一覧

「月日あれこれ」から……「読売新聞」夕刊

谷中墓地　空襲の一夜（二〇〇四年二月二十七日）／「事件」が「歴史」になる時（同三月二十六日）／戦艦陸奥　爆沈の真相（同六月二十五日）／撃沈　雪の海漂う兵たち（同八月二十七日）／高さ50メートル　三陸大津波（同九月二十四日）／「新選組」論に描かれないこと（同十月二十九日）／遠い日……戦争犯罪人の記憶（同十一月二十六日）／奇襲の大艦隊　見た人々（同十二月二十四日）／「脱獄の天才」の護送記録（二〇〇五年一月二十八日）／山本長官　戦死の秘話（同二月二十五日）／ある薩摩藩士の末路（同三月二十五日）

「井の頭だより」から……「別冊文藝春秋」

苺のかき氷（二〇〇四年三月・二五〇号）／図書館長（同五月・二五一号）／輝やく眼（同七月・二五二号）／銀行にて（同九月・二五三号）／清き一票（同十一月・二五四号）／被災地の錦鯉（二〇〇五年一月・二五五号）／手鏡（同三月・二五六号）／少年の手紙（同五月・二五七号）／流しの歌手（同七月・二五八号）／ゴルフと肋骨（同九月・二五九号）／茶色い犬（同十一月・二六〇号）／爪揚げ（二〇〇六年一月・二六一号）／日本語の面白さ（同三月・二六二号）／方言（同五月・二六三号）

歴史の大海原を行く

多彩な人間ドラマ（「一冊の本」二〇〇五年十一月号）／小説の書き出し　にがい思い出（「季刊文科」二〇〇三年秋・二五号）／キス（「オール讀物」二〇〇六年四月号）／紺色の衣服（「オール讀物」二〇〇四年十月号）／濁水の中を行く輪王寺宮（『百店満点　「銀座百点」五十年』二〇〇四年五月二十八日刊）／「漂流」から始まった日本とロシアの交流（「ロマノフ王朝と近代日本」展パンフレット二〇〇六年四月刊）／鎖国と漂流民（「ラジオ深夜便」二〇〇四年二月・四三号）／私と長崎（「長崎倶楽部」二〇〇五年七月二十日・二九号）／『桜田門外ノ変』創作ノートより（「開成会会報」一九九二年六月・七五号）／小説『生麦事件』創作ノートより（「開成会会報」二〇〇五年六月・一〇〇号）

日々の暮しの中で

近所の鮨屋（「東京人」二〇〇四年一月・一九八号）／こぶ平さんと正蔵さん（「神楽坂まちの手帖」二〇〇五年四月〜六月・八号）／一人旅（「図書」二〇〇六年六月号）／老女の眼（「小説新潮」二〇〇六年一月号）／作文（「オール讀物」二〇〇四年四月号）／ボトルの隠語（「オール讀物」二〇〇五年四月号）／手は口ほどにものを言い？（「オール讀物」二〇〇五年十月号）／上野と私（「うえの」二〇〇六年五月・五六五号）／火熱と人間の智恵（「諸君！」二〇〇四年九月号）／ラジオの波の音

（「オール讀物」二〇〇四年八月号）／丹羽文雄氏を悼む（「読売新聞」二〇〇五年四月二十一日夕刊）／荒野を吹きすさぶ風の音（城山三郎　昭和の戦争文学第六巻『指揮官たちの特攻』月報2、二〇〇五年九月）

なつかしの名人上手たち（「小説新潮」二〇〇五年六月号）

単行本　二〇〇七年七月　文藝春秋刊

文春文庫

ひとり旅(たび)

定価はカバーに表示してあります

2010年3月10日　第1刷
2011年7月15日　第2刷

著者　吉村(よしむら)　昭(あきら)
発行者　村上和宏
発行所　株式会社 文藝春秋

東京都千代田区紀尾井町 3-23　〒102-8008
TEL　03・3265・1211
文藝春秋ホームページ　http://www.bunshun.co.jp
落丁、乱丁本は、お手数ですが小社製作部宛お送り下さい。送料小社負担でお取替致します。

印刷・大日本印刷　製本・加藤製本

Printed in Japan
ISBN978-4-16-716947-3

（　）内は解説者。品切の節はご容赦下さい。

吉村　昭
深海の使者

第二次大戦中、杜絶した日独両国の連絡路を求めて、連合国の制海権下にあった大西洋に、数次にわたって潜入した日本潜水艦の闘いを描いて、文藝春秋読者賞を得たドキュメント小説。

よ-1-1

吉村　昭
戦艦武蔵ノート

起工からフィリピン沖で沈むまでの六年間、国民から遮蔽され続けた幻の巨艦の運命に戦争の本質を見る著者の視線。生存者から得た貴重な証言で綴る記録文学。（本田靖春）

よ-1-10

吉村　昭
闇を裂く道

作家のノートⅠ

大正七年に着工し、予想外の障害に阻まれて完成まで十六年を要して世紀の難工事といわれた丹那トンネル。その土と人との熱く凄絶な闘いをみごとに捉えた力作長篇。（谷田昌平）

よ-1-19

吉村　昭
戦史の証言者たち

すさまじい人的物的損失を強いられた太平洋戦争においては、さまざまな極限のドラマが生まれた。その中から山本五十六の戦死にからむ秘話などを証言者を得て追究した戦争の真実。

よ-1-28

吉村　昭
朱の丸御用船

江戸末期、難破した御用船から米を奪った漁村の人々。船に隠されていた意外な事実が、村をかつてない悲劇へと導いてゆく。追い詰められた人々の心理に迫った長篇歴史小説。（勝又　浩）

よ-1-35

吉村　昭
遠い幻影

戦死した兄の思い出を辿るうち、胸に呼び起こされた不幸な事故の記憶。あれは本当にあったことなのか。過去からのメッセージを描いた表題作を含む、滋味深い十二の短篇集。（川西政明）

よ-1-36

吉村　昭
夜明けの雷鳴

医師　高松凌雲

パリで神聖なる医学の精神を学んだ医師・高松凌雲は、帰国後旧幕臣として箱館戦争に参加する。近代医療に魂を吹き込んだ博愛と義の人の波瀾の生涯を描いた幕末歴史長篇。（岡崎武志）

よ-1-38

（　）内は解説者。品切の節はご容赦下さい。

吉村　昭
歴史の影絵
江戸の漂流民の苦闘、シーボルトの娘・イネの出生の秘密、沈没した潜水艦乗組員たちの最期。史実に現れる日本人の美しさに触れつつ歴史の〝実像〟を追う発見に満ちた旅。（渡辺洋二）
よ-1-39

吉村　昭
三陸海岸大津波
明治二十九年、昭和八年、昭和三十五年。三陸沿岸は三たび大津波に襲われ、人々に悲劇をもたらした。前兆、被害、救援の様子を、体験者の貴重な証言をもとに再現した震撼の書。（髙山文彦）
よ-1-40

吉村　昭
関東大震災
一九二三年九月一日、正午の激震によって京浜地帯は一瞬にして地獄となった。朝鮮人虐殺などの陰惨な事件によって悲劇は増幅される。未曾有のパニックを克明に再現した問題作。

よ-1-41

吉村　昭
海の祭礼
ペリー来航の五年も前に、鎖国中の日本に憧れて単身ボートで上陸したアメリカ人と、通詞・森山の交流を通して、日本が開国に至る意外な史実を描いた長篇歴史小説。（曾根博義）
よ-1-42

吉村　昭
縁起のいい客
日々を穏やかに丁寧におくる作家の周囲に起こるさまざまな出来事。習慣、なじみの店、理想の女性、資料収集の旅で出会う興味深い出来事。読む喜びを味わう滋味豊かなエッセイ集。

よ-1-44

吉村　昭
海軍乙事件
昭和十九年、フィリピン海域で連合艦隊司令長官、参謀長らの乗った飛行艇が遭難した。敵ゲリラの捕虜となった参謀長が所持していた機密書類の行方は？　戦史の謎に挑む。（森　史朗）
よ-1-45

吉村　昭
史実を歩く
『戦艦武蔵』『生麦事件』などの戦史・歴史小説を精力的に発表してきた著者は、その綿密な取材と細部へのこだわりでも知られた。作家の史実への姿勢を率直に綴った取材ノート。（森　史朗）
よ-1-46

（　）内は解説者。品切の節はご容赦下さい。

井上ひさし
本の運命
本のお蔭で戦争を生き延び、本読みたさに闇屋となり、本の重みで家を潰した著者が語る、楽しく役に立つ読書の極意。氏の十三万冊の蔵書で、故郷に図書館ができるまで。（出久根達郎）
い-3-20

北村　薫
詩歌（しいか）の待ち伏せ1
三好達治、石川啄木、塚本邦雄、石垣りん、西條八十の詩歌との幸福な出会い。子供の詩を貶める文章への凜々しい批判。博覧強記の北村薫さんのフレンドリーな個人文学館。（齋藤愼爾）
き-17-2

北村　薫
詩歌（しいか）の待ち伏せ2
土井晩翠、藤原定家、高知の詩人・大川宣純や版画家として知られる谷中安規、中井英夫と中城ふみ子の往復書簡。健やかな好奇心と鋭敏な感性に心地よく耕される北村文学館。（島内景二）
き-17-3

北村　薫
詩歌（しいか）の待ち伏せ3
プレヴェール、小野小町、上田秋成、古今亭志ん生……。豊かな教養と感性に基づいた深い洞察が、新たな詩歌への出会いへ導いてくれる北村ワールドの読書エッセイ、第三弾。（小池　光）
き-17-6

小谷野　敦
恋愛の昭和史
ヒロインの婚前交渉は是か非か、男の貞操、姦通のモラルとは。男と女の機微に真正面から切り込んだ、真摯で骨太な恋愛評論。これで初めて恋愛も恋愛文学もよく分かる。（赤川　学）
こ-41-1

佐藤隆介　編
池波正太郎・鬼平料理帳
登場人物が旨そうに食べる場面は「鬼平犯科帳」の一つの魅力。シリーズ全巻から〝美味〟の部分を抜き出し、平蔵の食の世界とその料理法を再現。池波正太郎の「江戸の味」を併載。
さ-14-1

斎藤美奈子
読者は踊る
私たちはなぜ本を読むのか？　斬新かつ核心をつく辛口評論で人気の批評家が、タレント本から聖書まで、売れた本・話題になった本二五三冊を、快刀乱麻で読み解いてゆく。（米原万里）
さ-36-1

（　）内は解説者。品切の節はご容赦下さい。

斎藤美奈子
文壇アイドル論
「文学バブルの寵児」村上春樹、俵万智、吉本ばなな。「オンナの時代の象徴」林真理子、上野千鶴子など、膨大な資料を分析した、八〇―九〇年代作家論にして、時代論。（松浦理英子）
さ-36-4

斎藤美奈子
文学的商品学
商品情報を読むように小説を読んでみると思いがけない読み方ができる。村上春樹から渡辺淳一まで八十二作品を、風俗から食べ物まで九つのテーマに分けて読み解く。（さとなお）
さ-36-6

斎藤美奈子
誤読日記
本は誤読してなんぼ。深読み、斜め読みだけでなく、脱線読み、探偵読みなどディープな技を駆使。郷ひろみから中曽根康弘まで、百七十五冊を一気読みしたミーハー書評の決定版。（吉田　豪）
さ-36-7

坪内祐三
文庫本福袋
話題作、古典の中の古典、懐かしい作家……。文庫本はさまざまな顔を見せてくれる。本書は、当代随一の本読みの達人が贈る極上の文庫本読書案内。中は開けてのお楽しみ！（中野　翠）
つ-14-2

中野孝次
人生の実りの言葉
アリストテレス、ゲーテから論語、唐詩、徒然草、養生訓まで、古今東西の名作から選りすぐった、著者ならではの傑作アンソロジー。〈美しい老年〉のための、珠玉の言葉と名文四十選。

な-21-9

中野孝次
わたしの唐詩選
人生の半ばを過ぎて出会った唐詩の素晴らしさ。既存の選集に飽き足らず、いっそ自分でと作った中野版「唐詩選」。流謫、閑遊、老境……人の世の諸相を寸言に凝縮した名文の宝庫です。

な-21-11

丸谷才一・鹿島　茂・三浦雅士
文学全集を立ちあげる
「谷崎三巻。志賀二分の一、芥川は外そう！」。世界文学全集と日本文学全集を編纂するとしたら、どうする？　まったく新しい文学観から、巻立て、作品を選び直す画期的試み。（若島　正）
ま-2-22

（　）内は解説者。品切の節はご容赦下さい。

宮本　輝
本をつんだ小舟
コンラッドの『青春』、井上靖の『あすなろ物語』、カミュの『異邦人』等、作家がよるべない青春を共に生きた三十二の名作。自伝的な思い出を込めて語った、優しくて痛切な青春読書案内。
み-3-11

村上春樹
若い読者のための短編小説案内
戦後日本の代表的な六短編を、村上春樹さんが全く新しい視点から読み解く。自らの創作の秘訣も明かしながら論じる刺激いっぱいの読書案内。「小説って、こんなに面白く読めるんだ！」
む-5-7

夢枕　獏
あとがき大全
あるいは物語による旅の記録
79年から90年まで、著者が執筆した本のあとがき、序、まえがき、著者から読者へ、等の文章を収録。空前にして絶後、前代未聞の試み。ファン垂涎の一冊。遂に文庫化!!　（北上次郎）
ゆ-2-8

養老孟司
臨床読書日記
酒に、嬉しい酒、悲しい酒があるように本もまた然り。では、疲れたときに読む本、草の根をかき分けても読みたい本とはどんな本？　つい読んでみたくなる「本の解剖教室」。　（長薗安浩）
よ-14-3

文藝春秋　編
藤沢周平の世界
城山三郎、丸谷才一、中野孝次、向井敏、井上ひさし、出久根達郎など藤沢文学を愛してやまぬ諸氏が綴った魅力の源泉。さらに対話とインタビュー、講演で構成した愛読者必携の書。
編-2-24

文藝春秋　編
司馬遼太郎の世界
国民作家と親しまれ、混迷の時代に生きる日本人に勇気と自信を与え続けている文明批評家にして小説家、司馬遼太郎への鎮魂歌。作家、政治家、実業家など多彩な執筆陣。待望の文庫化。
編-2-27

文藝春秋　編
藤沢周平のすべて
惜しんであまりあるこの作家。その生涯と作品、魅力のすべてを語り尽くす愛読者必携の藤沢周平文芸読本。弔辞から全作品リスト、年譜、未公開写真までを収録した完全編集版。
編-2-30

（　）内は解説者。品切の節はご容赦下さい。

浅田次郎 編
見上げれば 星は天に満ちて
心に残る物語——日本文学秀作選

鷗外、谷崎、八雲、井上靖、梅崎春生、山本周五郎……。物語はあらゆる日常の苦しみを忘れさせるほど、面白くなければならないという浅田次郎氏が厳選した十三篇。輝く物語をお届けする。

あ-39-5

石田衣良 編
危険なマッチ箱
心に残る物語——日本文学秀作選

小説のもつ「おもしろさ」を何よりも大切にしてきた石田氏が選び抜いた十四篇。石川淳、星新一、山川方夫、山本周五郎——。刺激的な読書体験を求めているすべての方々に捧げます。

い-47-12

桐野夏生 編
我等、同じ船に乗り
心に残る物語——日本文学秀作選

衝撃の書を世に問い続ける作家が、ひとりの読者に立ち返って選んだベスト・オブ・ベスト。ともに生きながら哀しく行き違わざるを得ない、人間の生の現実を描き切った11篇を収める。

き-19-13

沢木耕太郎 編
右か、左か
心に残る物語——日本文学秀作選

芥川龍之介、山本周五郎から小川洋子、村上春樹まで、人生における「選択」をテーマに沢木耕太郎が選んだ13篇を収める。文春文庫創刊35周年記念特別企画アンソロジーシリーズの最終巻。

さ-2-16

宮本　輝 編
魂がふるえるとき
心に残る物語——日本文学秀作選

川端康成、井上靖、水上勉、武田泰淳、荷風……。宮本輝氏自身が若き日に耽読し、こよなく愛する十六篇を精選。「あなたに読んでもらいたい」日本文学名作集。宮本氏によるエッセイも。

み-3-17

山田詠美 編
幸せな哀しみの話
心に残る物語——日本文学秀作選

八木義徳、河野多惠子、草間彌生、半村良、赤江瀑……。山田詠美さんが愛読し、その感性で厳選した官能と倫理、鋭利で豊かな物語八篇を収録する、待望の傑作アンソロジー。

や-23-7

林　真理子
林真理子の名作読本

文学少女だった著者が、「放浪記」「斜陽」「嵐が丘」など、今までに感動した世界の名作五十四冊を解説した読書案内。また簡潔平明な内容で反響を呼んだ「林真理子の文章読本」を併録。

は-3-27